魔幻偵探所

35

關景峰 著

新雅文化事業有限公司
www.sunya.com.hk

魔幻偵探所

人物介紹

南森

身分：魔幻偵探所創辦人、領頭羊

年齡：120歲

畢業學校：斯塔福德學院（伏魔系）

學位：博士

捉妖經驗：108年，獲得「捉妖能手」、「怪獸剋星」等稱號

性格：遇事鎮定、善於思考，生氣時聽到幾句好話氣就消了

最具殺傷力的武器：顯形粉、綑妖繩、無影鋼鐵牆

海倫

身分：魔幻偵探所成員，南森的得力助手

年齡：13歲

畢業學校：劍橋大學（法術系）

學位：學士

捉妖經驗：1 年

性格：開朗、逢事觀察細緻，吵架時總讓着本傑明

最具殺傷力的武器：綑妖繩、凝固氣流彈

本傑明

身分：魔幻偵探所實習生

年齡：11 歲

就讀學校：牛津大學（捉妖系）

捉妖經驗： 3 個月

性格：聰明淘氣、遇事毛躁

最厲害的戰術：非常規戰術

派恩

身分：魔幻偵探所實習生

年齡：10歲

就讀學校：倫敦大學魔法學院
（反幽靈技術系）

捉妖經驗：1個月

性格：聰明活潑，非常好勝，有時候喜歡誇誇其談

保羅

身分：魔幻偵探所機械狗

年齡：100 歲

工作能力：無所不知的電腦資料庫，善於用百分比分析事物

性格：異想天開、調皮、懶惰

最喜歡的食物：潤滑油

最具殺傷力的武器：追妖導彈

特級裝備

綑妖繩

能夠對準魔怪迅速旋轉收縮，將它綑緊綁實，繩子一旦落到魔怪身上，就像嵌入肉裏，魔怪越掙脫綁得越緊，當然放繩子時可要放得準才行。

無影鋼鐵牆

這堵牆其實就是氣流，它把氣流變成了無影無形的鋼鐵牆壁，能將敵人困在其中，衝不出去。

顯形粉

這是一種非常神奇的粉末，即使魔怪偽裝、隱形了也完全能顯現出它的原形。對了，「顯形」就是「現出原形」的意思！

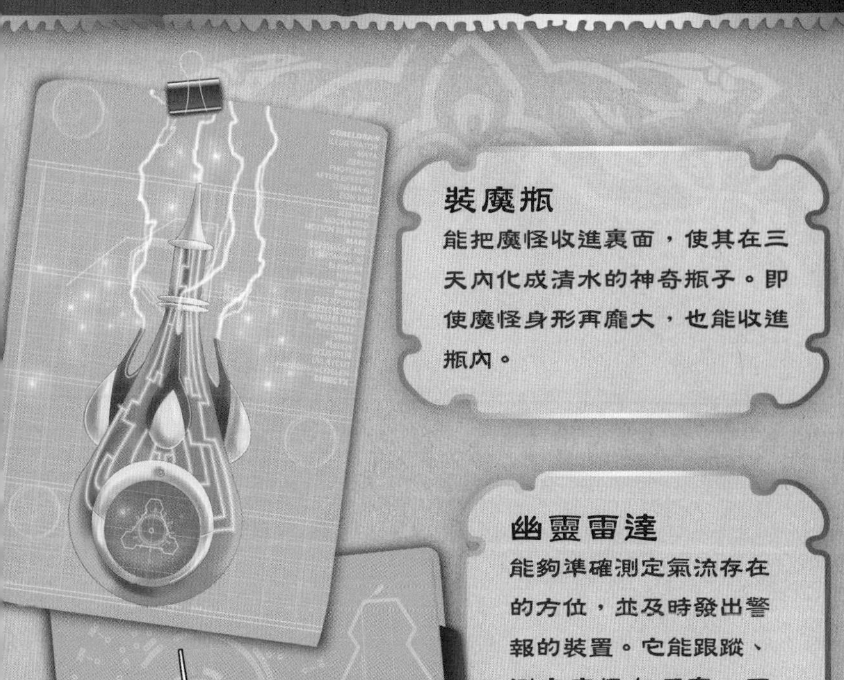

裝魔瓶

能把魔怪收進裏面，使其在三天內化成清水的神奇瓶子。即使魔怪身形再龐大，也能收進瓶內。

幽靈雷達

能夠準確測定氣流存在的方位，並及時發出警報的裝置。它能跟蹤、測定魔怪在哪裏。不過，如果魔怪的魔力非常強，幽靈雷達有時候也可能測不到，它的更強大的功能還有待你去改進！

追妖導彈

能夠自動尋找魔怪，進行智能追蹤的導彈，這種導彈威力比較大，一般魔怪根本抵抗不了。

魔幻偵探開始行動！

目錄

第一章　麥克警長

南森背着手，在魔幻偵探所的客廳裏走來走去，他的辦公桌旁，海倫和本傑明坐在那裏，保羅則站在海倫身邊，唯獨不見了派恩。這天下午兩點是魔藥課的時間——海倫他們在偵探所裏也是要定期上課的。在外面辦案是實踐，但理論學習也是不能少的，當然，南森還開辦了其他豐富的課程，努力讓幾個小助手成為知識全面的人，比如周一下午就是法國文學，周五下午則是美術賞析課。

「這個派恩，怎麼還不出來？」海倫皺着眉，隨後站了起來，「我去叫他。」

「兩點都過了，你去叫他。」南森點點頭。

「一定是在睡覺，我剛才喊了一聲，他都沒出來。」本傑明說，「上周的美術賞析課他也是在睡覺……」

「最近他好像總是一睡不醒。」保羅插話說。

這時，海倫已經把派恩拉了出來，派恩揉着眼睛，一副剛睡醒、不情願的樣子。

「派恩！」南森聲音大了一些，語氣有點嚴肅，「怎麼遲到了？説好兩點坐到這裏的。」

「我……」派恩揉揉眼，「我在睡覺，我剛才一不小心就睡着了……我、我在做夢……」

「還做夢？」南森無奈起來，「做了什麼夢？都耽誤上課了。」

「我夢見上課了，你主講魔藥課，我想多聽一會兒……」

「哈哈哈……」保羅大笑起來。

南森也忍不住差點笑出來，他生氣也是假裝的，他可是一副好脾氣，從來就沒辦法真正嚴厲起來。海倫聽到這話，也不禁笑起來，只有本傑明一臉不屑的樣子。

「派恩呀派恩，你這個理由……」南森用手指輕輕地點着派恩，看着他滿臉的睡意，「快去喝口水，馬上過來上課。」

派恩點點頭，連忙去喝水，隨後就坐了過來。

「上一節課我們講了魔藥的各種用途，其中一些特殊的用途，大家是否還記得……」南森看幾個小助手都坐好，打開教科書看了一下，然後説道。

海倫舉起了手，南森指了指海倫，叫她舉幾個例子。

「如果連續追捕魔怪，長久未進食，那麼可以讓魔怪顯形的草本類魔藥可以當做食物使用，能快速補充體力，同時不傷害身體，但不宜食入過多。」海倫認真地回答，「白色掩護魔藥原本是魔法師在寡不敵眾情況下用來掩護撤退使用的，有些魔性極強的魔怪被收進裝魔瓶後長久不會被消融，要放入消融魔藥助推，如果沒有，掩護魔藥有着一定的助消融作用……」

海倫回答得很好，南森非常滿意，剛被叫醒的派恩也很認真。不知不覺，一個小時過去了，保羅身上突然響起了「滴滴」的聲音。

「博士，時間到，你要去蘇格蘭場了。」保羅走到南森身邊，提醒道。

「噢。」南森點點頭，他看看幾個小助手，「你們把上課的內容復習一下就下課吧，我要去蘇格蘭場了，技術處要向我詳細了解大倫敦地區那些大鼠仙和精靈的活動區域，警員執勤的時候可不能誤傷到他們……」

「各自在各自的世界，互不干擾呀，不會有誤會發生的吧？」海倫問道。

「一般是這樣，都幾百年了，但是你們知道，最近有些比較活躍的大鼠仙，還是會不小心地搗了點亂。」南森説着向門口走去，「我要去讓警員們注意識別那些大鼠仙……」

駕駛着自己的老爺車，南森很快就來到了位於市中心區域百老匯街的倫敦警察局總部，這裏一直被人們稱作「蘇格蘭場」。南森對這裏非常熟悉，很多警方偵辦的大案一開始都會以為是人類作案，後來才發現可能是魔怪作案，這時南森這樣的魔法偵探就要出面了，魔法偵探和現實社會中的警員偵探一直處於一種緊密的合作之中。

南森到了技術處，好幾個警官都等在那裏了，南森向他們詳細講解了大倫敦地區那些有益無害的大鼠仙和小精靈們的活動區域和習性，一直到下午將近五點他才講完。完成了工作，南森告別了那些警官，向總部大樓外走去，總部大樓門口人來人往，大都是便衣的或者身着警服的警員，南森出了大門，向台階下走去。

「南森博士——」一個熟悉的聲音忽然傳來。

「噢，麥克警長。」南森一看，一名三十多歲的警官向自己走來，這個警官身材高大，相貌俊朗，一頭金髮，

METROPOLITAN
POLICE

他就是麥克警長，他是倫敦警察局刑事處調查科的督察，曾經和南森一起協同處理過幾宗案件，倫敦警察局有了和魔怪相關的案件，也由他負責和南森聯繫，南森和幾個小助手都認識他。

「有些日子沒見了。」麥克走過來和南森握手，他笑着說，「海倫他們都還好吧？派恩最近又調皮了吧？」

「一直很調皮。」南森也笑了，「我剛才去了技術處，你最近忙不忙？」

「這個……」麥克似乎猶豫了一下，隨即把南森拉到一邊，「其實我正準備向總部寫報告呢，我經辦的一個案子，有點蹊蹺，我想寫報告請你出面調查，當然一切要走正常程序，沒想到遇到了你，正好和你說說……」

「噢，沒問題，你遇到了奇怪的案件？」南森謹慎地問。

「一宗看起來普通的傷害案，案件發生在西郊的一幢別墅裏，就在前天夜裏。」麥克開始描述案情，「一個叫威瑞斯的年輕人倒在了自己的車庫裏，頭部受傷昏迷，醒來後至今失憶，他也不記得當時是誰傷害他了，這就是基本案情。」

「這個……」南森眨眨眼，「恕我直言，似乎是很普通的案件。」

「因為你沒有去勘驗現場，如果你去了，一定能發現不尋常的地方。」麥克的表情早就開始嚴肅起來，他談論案情的時候一直是這樣，「受害人威瑞斯後腦着地造成很重的撞擊傷，但是造成他倒地的卻是一個胸口位置一個硬幣大小的紅色受力點，無論是誰，在他胸口這裏推一下，最多也就是倒退幾步，但是他卻重重地仰面摔在地上，這只是一個疑點，從醫學報告分析，他這種外傷性失憶只會造成不超過二十四小時的失憶，隨後都能想起來，唯獨他，受傷這段記憶全部遺失，之前發生過什麼卻都記得清清楚楚，他甚至還記得去車庫的時候身邊竄出來一隻松鼠，他遇襲的那段暫短記憶……就像是被抹去了一樣。」

南森聽了這話，表情略微凝重起來，他先是低着頭，沒有急着説什麼，大概過了不到半分鐘，他抬起頭。

「受害者身體情況怎麼樣？顱腦損傷嚴重嗎？」

「醫生説是純粹的外傷，有一點小骨裂，但未傷及腦幹，昏迷原因是腦震盪，現在身體非常好，噢，他以前從未發生過失憶這種情況。」

「這樣呀……」南森又低下頭，凝思着，「一般年輕人受到腦外傷，暫時失憶的情況極少，但是也有，不過醒來後最多二十四小時就能恢復記憶，前天到現在都有四十八小時了吧？」

「我認為這不是什麼醫學特例，他的記憶像是被抹去的，誰有這個能力，我想你知道的……」

「還有別的疑點嗎？」南森點點頭，又問。

「受害者用手機藍牙控制的音響被砸壞了，除此之外車庫裏包括受害者的豪車都沒有受損，受害者的錢包和金飾都在，所以說這不像入室搶劫案，受害者這個人……經過了解，是個大錯不犯小錯不斷的人，所犯的小錯也就是亂停車，有些過分的惡作劇什麼的，沒什麼仇家，他家門口有監控錄影機，沒有拍到什麼人闖進他家，所以這也是一個重要疑點，沒人進車庫為什麼他會受傷？如果是滑到，後腦的傷可以解釋，但是胸前的受力點就無法解釋了。」麥克一口氣說完這個疑點。

「也就是說受害者無緣無故就被襲擊了。」南森邊聽邊點着頭，「一切都毫無頭緒，而且受害者失憶，連怎麼受傷的都不知道了。」

「是這樣的。」麥克語氣沉重起來，「現場一點外人入侵的痕跡都找不到，當然很多案件都是這樣，罪犯狡猾地抹去一切，偵探的任務就是還原這一切，可是這個案件……種種疑點集合起來，似乎指向非人類作案……」

「我明白。」南森用力地點點頭，「我先回偵探所，然後會帶上海倫他們勘驗現場，這個案子你負責對吧？」

「是的。」麥克非常高興，「我馬上寫個簡單報告交上去，說請你協助調查，批覆最少要半天，不過相信那時候你已經勘驗完現場了，這是你的風格。」

「該走的程序還是要走的。」南森說着擠擠眼睛，「案發地點告訴我，一小時內我們就能趕到……」

「我交了報告也會馬上趕到。」麥克說着拿出筆，寫了一個地址，「地點在西郊的倫敦道上……」

南森駕車很快就趕回了偵探所，路上他就用電話通知了幾個小助手，他臨時接下一個案件，讓海倫他們準備好幽靈雷達，他回去後就會馬上開車帶他們去案發地點。

海倫他們接到南森的電話就準備起來，很快，南森回到了偵探所，他簡單講了一下案情，隨後就帶上小助手們前往了西郊的倫敦道。

第二章　車庫裏

麥克警長比他們早到了兩分鐘，就站在那房子前等着他們。深入西郊的倫敦道是一條幽靜的道路，一幢幢獨立的房子豎立在道路兩邊，這裏沒有了市中心密集的建築和喧囂的氣氛，連行人車輛都極少。遠遠望去，案發的房子是一幢很古老的房子，掩映在一片樹林之中。

小助手們也多日不見麥克警長了，打過招呼之後，麥克警長把他們帶進了拉着警戒線的案發地，一名警員在那裏守衛。他們進到了車庫，受害者就是在那裏被發現的。

「……發現受害者的是他的一個朋友，是給他來送球賽門票的，受害者是倫敦水晶宮隊的球迷，下周水晶宮隊要前往曼徹斯特對陣曼聯，曼聯要奪冠，水晶宮要保級，門票早就銷售一空了，他的這個朋友高價弄到一張，給受害者送來。」進到車庫裏，麥克介紹到，「結果來了以後發現車庫門開着，受害者倒地昏迷，據這個朋友説，來的路上還接到過受害者電話，問他怎麼還未到，朋友説還在路上，可是受害者連給這人打電話這事也不記得了，但記得確實請了這位朋友來。」

「他的這位朋友……」南森看看麥克。

「調查過，沒任何前科，和受害者關係也不錯，本身也不缺錢，受害者支付這張門票的錢也都在。」

「這張門票多少錢？」

「一千鎊，那個朋友説的。」

「啊？」派恩跳了起來，「我看切爾西的一場比賽，很好的位置才四十鎊！」

「沒辦法，這屬於黃牛票，賽季末最熱門的比賽就是這個價格。」麥克聳聳肩，「還有更貴的。」

「哇，保時捷呀！」本傑明輕輕地撫摸着車庫裏停着的一輛跑車，「這個受害者可真有錢呀。」

「他連工作也沒有，都是父母的錢。」麥克説道，「這房子是他家的祖宅，父親和朋友開了一家很大的公司，總部在利物浦，所以父母都在利物浦住，這裏給受害者獨住……怎麼説呢，父母比較溺愛這個孩子，受害者倒也不是只跟父母要錢，三十歲了，也創業開辦過兩家公司，全都倒閉了，然後就這樣呆在家裏，一天到晚就是玩。」

「沒有上進心，都三十歲了，還過這樣的生活！」派恩很嚴肅地説，他隨即看看那輛跑車，「好羨慕這樣的生活呀。」

「受害者是説要擴建這個車庫，所以當時在車庫收拾東西，是吧？」南森環視着有些雜亂的車庫問。

「對，他準備再買一輛跑車，這個車庫放不下兩輛車，所以想扔一些東西，然後擴建。」麥克説，「所以案

發時他在車庫整理東西。」

這是一座非常普通的車庫，保時捷跑車的左邊堆放着一些雜物，一張工作台上有一個被砸壞的音響，保時捷跑車的右邊有個雜物房，雜物房有一扇小門，半開着，裏面應該還擺着很多東西，車庫的左邊有一扇窗戶，此時也是打開的。

保羅距離這裏還有兩百米，就連射了多道探測信號，進來後第一個動作就是對着車庫裏的四面八方進行掃描，不過沒有發現任何的魔怪反應。

南森看到了受害者威瑞斯倒地的地方，那裏有個人形輪廓線，旁邊有個標識為「1」的號碼牌。他蹲下身子，掏出了放大鏡，在輪廓線底部，也就是腳跟部位，仔細地看着，看了一分多鐘，南森站了起來。

「原點倒地，沒有倒退，鞋跟和地面的摩擦痕跡極短。」南森對麥克説，「説明受害者被推了一下後立即倒地，如果沒有絕對的力度，人被推一下後都會倒退幾步，一般都能站穩的。」

「對，説明推受害者的人力氣極大。」麥克點着頭説，「但是那個受力點又很小。」

「是器物攻擊嗎？比如用鐵棍猛擊受害者的胸口？」

「法醫看過，説不是器物攻擊。」

南森沒説話，只是點點頭。海倫和本傑明他們已經在車庫裏開始搜索起來，海倫用幽靈雷達對車庫裏的每一件東西都進行掃描，不敢遺漏任何一點魔怪反應；本傑明觀察着四周，找着疑點；派恩走進了雜物間，裏面堆着一些箱子，兩塊滑板在地上，還有一頂橄欖球帽，派恩沒有移動這些物品，按照勘驗原則，現場一切都要保持原位，派恩用幽靈雷達對着那些箱子探測了一下，沒有發現什麼魔怪反應。

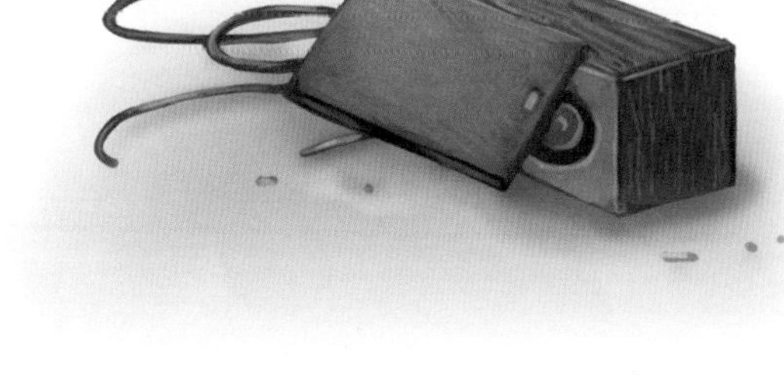

南森此時已經站在了被砸壞的音響旁邊，音響是被一個小木箱砸壞的，從損壞情況看，音響被連砸了好幾下，壞掉的木箱掉在地上，裏面的一

些螺絲釘、膠紙等雜物都散落出來。

「受害者說音響一直在播放搖滾樂，聲音很大，這點他記得很清楚，他一進來就用手機藍牙功能連接音響播放搖滾樂了，手機就放在音響旁邊。」麥克跟在南森身邊，「不過受害者不記得音響是怎麼壞的了，我想……如果是人類作案，如果覺得現場太吵，一看就知道是手機驅動播放音樂，直接把手機扔出窗外，超出控制距離，音響也就馬上停止播放了，沒必要舉着木箱連砸好幾下。」

「你的意思是魔怪不懂這些科技？」南森看看麥克，麥克點了點頭，「有道理，很有道理。」

「這也是我懷疑是魔怪作案的一個重要疑點。」麥克說。

「我會謹慎考慮這點的。」南森回答道。

由於車庫不大，他們很快就進行完一次搜索，不過沒有發現任何的魔怪反應。南森在本子上記下了一些要點，他身邊的幾個小助手則都有些失望。

「現在……」南森看了看錶，隨後望着麥克，「七點多了，要是去醫院詢問受害者，會不會有些晚了？」

「是的，腦部外傷患者，醫生要他多休息，應該不同意我們的探視。」麥克說。

「那我們明天早上去，九點在醫院門口集合吧？」

「好的。」

第三章　找回記憶

第二天一早，南森他們準時來到醫院門口，麥克也剛到，在麥克的引領下，他們來到了威瑞斯的病房，這是一間單獨的病房，門口有一名警員守護着，目前尚不知道威瑞斯是否被仇人所害，如果加害人知道威瑞斯還活着，有可能繼續加害，所以必須保護起來。

「他還好吧？」麥克問那名警員。

「一切正常，醫生説身體恢復得不錯。」那名警員説着對南森敬禮，南森微笑着點點頭。

麥克推開了房門，只見威瑞斯正有些激動地在房間裏表演着，他的個子不高，一頭金髮，看上去精神很好。

「……就這樣，結他的背帶要弄得長一些，結他要垂到胯部，然後用手去掃弦，這樣才有型，抱着結他彈唱不行……」威瑞斯做着彈奏的動作，向一個前來換藥的護士講解着，「就這樣的，我最愛的幾個樂隊的結他手都是這樣的……」

「看上去確實有型。」那個護士似乎在敷衍着，「噢，威瑞斯先生，有人來看你了……」

説着，護士端起換藥的托盤要走，威瑞斯則意猶未盡。

「我可以給你看看我和巨石搖滾樂隊主唱的合影，非常難得的……」

「噢，威瑞斯先生，休息得怎麼樣？」麥克走了過去。

「麥克警官，我很好。」威瑞斯説着有些疑惑地看了看南森他們，特別是看到海倫他們幾個孩子，還有一隻小狗，更是有些吃驚。

「這位是魔幻偵探所的南森博士和他的幾位助手。」麥克鄭重地介紹説，「他們來是想向你了解一下案情。」

「魔幻偵探所？南森博士？」威瑞斯雙眼放光，好奇地盯着南森，不過似乎更加不解，「嗨，為什麼魔法師來這裏？在天上飛來飛去的魔法師……」

「這個人……」保羅圍着威瑞斯轉了轉，「沒有一絲和魔怪長期接觸的反應，至於短期嘛，或許就被魔怪打了那麼一下，魔怪反應早就消失了。」

「哇，會説話的小狗。」威瑞斯説着就想去抱保羅，「真是神奇的一天，嗨，給我唱一首搖滾的歌怎麼樣？」

保羅連忙躲開，南森則上前一步，很有禮貌地向威瑞斯點點頭。

「威瑞斯先生，我們想了解一下你那天昏迷的情況，這個事情似乎有點複雜……」

「魔法師都來了，難道是魔怪襲擊了我，哈哈哈……」威瑞斯一點恐懼都沒有，還嬉笑起來，「我的人生這下完整了……」

海倫和本傑明、派恩在一邊忍不住都笑起來，這個威瑞斯可真是開朗。

「我們坐下談吧……」南森考慮到威瑞斯還是個未康復的傷者，關切地說。

「我沒關係，巨石樂隊演唱會我一站就是三個小時。」威瑞斯指着自己的病牀，「你要是願意可以躺着和我談，我看你的歲數也很大了，這麼大年紀還出來工作，真是夠拼的，是缺錢嗎？」

「噢，這個可以以後說。」南森皺着眉，擺了擺手，看起來要直接問問題，否則按照威瑞斯這種跳躍思維來對話，可能一直都無法進入正題，「我們知道那天你在車庫整理雜物，期間有過什麼不對勁的事嗎？或者說那天你的家裏有過什麼異常嗎？」

「噢，警員都問過了，我沒發現有什麼不妥，一切都非常好，除了我的顱骨骨裂。」威瑞斯比劃着，「總之，那是幾乎完美的一天，如果沒有骨裂就更完美了。」

這樣的回答算是直接地回應了南森的提問，但這種敍述方式令南森感到很另類，不過詢問案情最為關鍵，這個威瑞斯可能有獨特的說話方式和處世態度。

「對於那晚你遇襲的記憶，還是想不起來什麼嗎？」南森繼續提問。

「是的，我的記性很好的，但就是想不起來怎麼會骨裂的事了。」

「那你能不能仔細想一下，你得罪過什麼人嗎？也許你不經意間……」

「不可能，大家都愛死我了。」威瑞斯擺了擺手，「我的人緣很好，整個倫敦地區也能排進前五名，如果有被愛戴的人的排行榜的話，就像是音樂排行榜那種……」

「那麼最近你有沒有去過諸如墓地、深山、無人居住的老屋等地方，並在那裏發現了一些異常？」

「沒有，不過我一直住在有人居住的老屋，就是我家，我家這房子有上百年了。」威瑞斯滿不在乎地說，「一個老魔法師建造的，我剛才就想告訴你們呢，我曾祖父的父親，據說也是一位魔法師，每天都在倫敦的天空上飛來飛去，噢，要是他的皮鞋不小心掉下來，哈哈，和炸彈差不多了吧……」

南森聽到這話，精神一震，海倫他們也一樣，麥克略有吃驚地看着威瑞斯。

「這個你以前沒說過呀。」麥克問。

「喂，那是我的高祖父，你們調查案情還要問人家的高祖父的職業嗎？一百多年了，快二百年了吧。」威瑞斯說，「再說我們家就這麼一位魔法師，從此就再也沒和魔法啦巫師啦有關係，他的兒子，就是我的曾祖父只對錢感興趣，去美洲賺了一大筆錢回來。噢，我更喜歡這位曾祖父，儘管他不能在天上飛，但是皮鞋也不會掉下來呀……」

「你的高祖父叫什麼名字？」南森忽然認真地問。

「這個……忘記了……」威瑞斯想了想說，「不過聽我爺爺說他在倫敦的魔法師聯合會當過副會長，被妖怪襲擊而死亡，照片在聯合會的名人堂裏，家屬可以隨時去看，不過我沒去過，聯合會裏都是一羣老頭，沒意思……」

「阿德里恩。」南森脫口而出，「近兩百年遇襲身亡的副會長只有這一個人，他的照片就在聯合會名人堂裏。」

「對，對，是這個名字。」威瑞斯連連點頭，他攤攤手，「噢，但願當年被他的鞋砸中的人不知道這個名字……」

「他有沒有留下什麼東西？」南森有些急切地問。

「留下了，房子。」

「房子之外。」

「這個嘛……」威瑞斯突然叫了起來，一臉的痛苦表情，「我再也不要當受害人了，還要回憶爺爺的爺爺有什麼東西留下來，不如讓砸我頭的人把我砸死……」

「當不當受害者不取決於你，沒人想當受害者。」南森擺擺手，「請你仔細回憶一下……」

「回憶？我都失憶了！」威瑞斯有些不耐煩了，「舊箱子裏有些小錫兵，不知道是我爺爺的還是爺爺的爸爸的，還是爺爺的爺爺的……行了吧？」

「關於你的失憶……」南森被威瑞斯的話給提醒了，「還有你的祖輩是一個相當重要的魔法師……我想幫你找回記憶。」

南森的話説完，整個房間的人都看着他，威瑞斯一副吃驚的樣子，只有海倫明白南森的意思，她看着南森，用力點點頭。

「博士，你是説用魔法還魂術……」

「是的。」南森也點點頭，隨後看看大家，「以前有魔法師認為失憶這種現象是因為失魂所致，所以這種魔法至今還叫還魂術魔法，其實失憶的原因很多，外力作用、精神刺激等都能造成時間長度不一的失憶，醫學上能夠解釋和治療，但是根據威瑞斯的情況，這麼長時間了，還是不能回憶起遇襲前後的事，被人抹去那段記憶的可能性很大，而且威瑞斯先生只是被抹去了一段記憶，包括給要來自己家的朋友打電話的情況，估計他打完電話後遇襲的事就發生了，打電話的那段記憶一道被抹去了，這是因為……」

說着，南森看了看海倫。

「抹去長時間的記憶耗費大量魔力，而施害者只想抹去一小段不想被人知道的情況，所以就用了較少的魔力，抹去了一段記憶。」海倫連忙說。

「完全正確。」南森點點頭，「利用魔法還魂術能幫助被魔怪抹去記憶的人找回記憶，如果真是因為外力或精神刺激等造成的長久失憶，用這種辦法倒是比較難了。」

「你是說我被魔怪抹去了記憶？」威瑞斯瞪着眼睛，「噢，這麼費事，它還不如直接殺了我，好有善心的魔怪呀，倫敦好魔怪。」

「它一定有它的想法。」南森說着看看威瑞斯，「那麼威瑞斯先生，我們可以開始了，如果用還魂術能找回記憶，那麼一舉兩得，不但找回記憶，同時也確認你就是被魔怪所傷。」

威瑞斯連忙表示同意，南森叫他坐到牀上，他把窗簾拉了起來，房間裏頓時暗了下來，麥克和小助手們被安排站在門旁，麥克通知守衛的警員，十分鐘內不要讓人進來。南森把牀旁邊的簾子拉起來，簾子內只有威瑞斯半躺

在牀上，南森身邊則站着準備記錄的保羅。

南森示意威瑞斯放鬆，不過威瑞斯明顯比較緊張，南森把手放到了威瑞斯的額頭，讓他想想平靜的森林，清新的空氣，威瑞斯的情緒慢慢安靜下來。

南森把手放到威瑞斯的額頭上，稍稍用力一壓。

「閉上眼，做個好夢吧。」南森的手掌周邊隨着口令發出淡淡的白光，威瑞斯立即閉上眼睛，徹底安靜下來，就像是進入到深度睡眠一樣。南森和保羅對視一下，他的手先是收起，隨後指向威瑞斯，「記憶追回——」

一道藍色的電光射向威瑞斯的頭部，與此同時，保羅的雙眼發出兩道藍色電光，照射進威瑞斯的身體。威瑞斯則忽然睜開了眼睛，但是沒有看向南森，而是直直地看着天花板。

「那天晚上，你進入車庫，你的目的是要整理裏面的雜物，因為車庫要擴建。」南森對威瑞斯説，「你還記得這些事嗎？」

「我記得。」威瑞斯平靜地説，那神態和剛才完全不一樣了，他極為平靜，説話的時候眼睛一直看着天花板。

「很好。」南森看看保羅，滿意地點點頭，隨後又望着威瑞斯，「有個朋友要來你這裏，給你送什麼來？記得嗎？」

「球賽門票，水晶宮客場對曼聯。」威瑞斯立即回答。

「你是不是打電話問他怎麼還未到？」南森緊跟着問，一刻也不停歇。

「我……」威瑞斯的身體開始猛地扭動，就像是要起來一樣，南森一隻手繼續射出藍光，一隻手用力地按住他，威瑞斯又扭了幾下身體，隨後平復下來，「我問了，他說正在路上，馬上到。」

「很好，很好。」南森的眼睛一閃，得到了期待已久的答案一樣，「接下來發生了什麼？」

「我……我打開一個箱子，裏面有個瓶子，瓶子上……」威瑞斯緩緩地說，「有字，閃着綠光的字，就在瓶身上，我感到很好奇……」

「什麼字？」

「尼庫米……米……德……」威瑞斯面無表情，「我記不清了……」

「你唸了這些字？」

「是的。」

「然後呢？」

「然後字消失了，瓶蓋卻開了，有隻……」威瑞斯依舊是面無表情，就像是描述一件和自己毫無關係的事，「狐狸從裏面跳出來，牠先把瓶蓋蓋上，把瓶子扔出窗外，然後抓起木箱把音響砸爛……」

「瓶子是什麼樣子的？」

「一般的酒瓶，看上去很古老，瓶子的顏色是黑褐色的。」

「狐狸的樣子呢？什麼顏色的？個子大嗎？」

「白色的，有一點點灰，眉心有些黑毛，外形就是普通的那種狐狸，個子算是比較大的。」

「好，繼續說，狐狸砸了音響之後呢？你當時就站在那裏嗎？」

「我愣住了，我很害怕，我就站在那裏，牠砸了音響後就用爪子猛地戳我，我就倒在地上了，後腦着地，痛死了……」

「牠戳你什麼位置？」

「胸口。」

「倒地以後呢？」

「這我記不起來了，我昏迷了。」

「很好。」南森點點頭，「那再往後呢，你能記得什麼？記得什麼就説什麼。」

「我醒了，身邊有醫生、護士……」

「很好。」南森説着收起了藍色的光束，保羅也收起了光束。

藍色光束一消失，威瑞斯就閉上了眼睛，南森用手摸摸他的頭。

「他話太多，讓他多睡一會。」保羅在一邊建議道，「別讓他打攪我們的工作。」

「好。」南森笑了笑，隨後看看保羅，「他説的那句話，是裝魔瓶解除咒吧？」

「尼庫森米德西蘭蘇，一定是這句。」保羅説，「這是一句古老的解除咒，能把被裝魔瓶裝起來的魔怪釋放出來。」

「基本上明白了。」南森説着拉開了牀邊的簾子。

一直緊張地站在門旁的小助手們和麥克連忙走過來，

眼睛裏都充滿了期待。

「確實是被魔怪抹去了記憶。」南森走過來，略帶興奮地說，他看着麥克，「我幫他把被抹去的記憶都找回來了，他還在睡覺，醒來後會存留住這些記憶，找人安慰他，讓他別害怕。」

「好的。」麥克一臉興奮，「真的是魔怪作案呀？」

「是的。」南森說，「我推斷的結果是，他無意間翻找出一個高祖父使用的裝魔瓶，非常可怕的是裝魔瓶裏有一個沒有被消融的魔怪，是個狐怪，狐怪使用了法術，在瓶壁上反寫了一行閃亮的解除咒，威瑞斯的角度看那些字是正着的，他唸出了那幾個字，無論是默唸還是讀出聲，都等於有人在唸解除咒，而被這種咒語鎖住的任何魔怪，自己讀出來是無法發揮解除效力的，必須是魔法師自己讀出或通過其他人之口，這真是一隻非常狡猾的狐怪。」

「下面我也知道了。」海倫跟着說，「狐怪剛出來，一定不想鬧出大動靜，所以沒殺威瑞斯，只是把他打暈了，同時抹去了他前面幾分鐘內的記憶，然後就跑了，噢，期間可能因為嫌吵，牠還把音響砸了。」

「應該就是這樣的，牠扔了瓶子，這種裝魔瓶是砸

不壞的，但牠砸了音響。注意，牠是魔怪，在攝像鏡頭無法成像，所以逃走時對着受害者家的攝像鏡頭也不會被拍到。」南森説着很是感慨地看着麥克，「幸好有麥克這樣經驗老道的警官，將各種疑點集中，歸納出可能是魔怪作案的可能，連作案者砸音響是不熟悉現代生活的魔怪所為都進行了推斷，否則一般處理可能就以為受害者不慎倒地，因外傷失去了一些記憶，然後就結案了……綜合各種情況分析案情，太重要了，麥克警長確實是個好偵探……」

「你可千萬不要這樣説，我向你們學習的地方有很多。」麥克很是不好意思起來。

「海倫，你們要多學習麥克警長的斷案思路。」南森很是認真，「我想你們親身參與這個案件的偵辦，不僅僅從麥克的認真思路中受益，也會深深記住這些。」

「當魔幻偵探所的實習生就是不一樣呀。」派恩有些得意地説，「所以我才來到魔幻偵探所實習，因為我是天下第一超級無敵……」

「又來了。」本傑明連忙擺着手，他看着南森，「博士，接下來我們該怎麼辦？」

「先找到那個瓶子，那是威瑞斯高祖父的裝魔瓶，裏面一定留存有魔怪資訊。威瑞斯回憶説瓶子被狐怪扔出窗外很遠。」南森説着又看看麥克，「你們當時的搜索範圍有多大？有沒有發現一個黑褐色的瓶子？」

「我們就檢查了車庫，車庫周邊也看了看，但沒有注意什麼瓶子，而且説實話，一個瓶子……」麥克有些無奈地説。

「明白，你們不可能知道那是一個裝魔瓶的。」南森接過話，他指着依舊睡着的威瑞斯，「他半小時後就能醒來，叫你的手下安慰他，別讓他恐慌，我們現在還要去威瑞斯的房子，麥克警長，你和我們一起去吧。」

第四章　一個裝魔瓶

半個多小時後，南森他們再次來到威瑞斯的車庫，他們都沒有進車庫，車庫的窗戶是向西的，按照威瑞斯的回憶，狐怪把裝魔瓶扔出窗外很遠，保羅衝在第一個，沿着窗戶的方向向西找去。

車庫窗戶外是一片草地，後一點是一大片有些雜亂的灌木叢，過了灌木叢是一條小馬路，馬路過去就是另外一戶人家的院子了。灌木叢距離車庫有二十多米。

保羅鑽進灌木叢，找尋着那個瓶子，麥克也看着四周，還去草叢裏翻找，不過他看起來有些擔心。

「那個……裝魔瓶會不會被摔碎……」

「不會，裝魔瓶的硬度比防彈玻璃都要強千倍。」南森說，「狐怪從裏面出來，一定不想再進去，就扔掉了。」

「不會扔到對面那戶去，被人家撿走扔掉吧？」

「不會吧，威瑞斯回憶說狐怪是隨手一扔，不會扔太遠。」

「我用幽靈雷達搜了，要是有裝魔瓶會不會有反應呢？」派恩在一邊說，他也有些疑惑。

「不好好讀書。」海倫搖着頭，「書上都寫了的，裝魔瓶本身不可能有任何魔怪反應，因為裝魔瓶不是魔怪，而蓋上蓋子的裝魔瓶的密封性是最強的，否則魔怪找到一絲絲縫隙都能溜出來，所以即使對着蓋着蓋子的裝魔瓶，幽靈雷達也不可能出現魔怪反應。」

「我還沒學呢，我要是學到一定不會忘記的，因為我是天下第一超級無敵魔幻小神探……」

「找到了——」保羅激動的聲音傳來，他用前爪從一株灌木下拉出一個黑褐色的瓶子，瓶子上略微沾了些土，這個瓶子看上去非常古老，和現代的酒瓶不大一樣。

南森他們聞聲都跑了過去，保羅把那個瓶子拉到了草地上，南森小心地撿起瓶子。

「沒錯，古老的裝魔瓶，我上兩代的魔法師還有人用這種裝魔瓶呢。」

「裏面不會還有另外的魔怪吧？」本傑明很小心地說。

「不會。」南森晃了晃裝魔瓶，「裏面是空的。」

「那隻狐狸居然一直在裏面，沒有被融化。」本傑明感慨地説，「這要有多大的魔力呀？」

「有些魔怪自身就是有很強的抗消融能力，要投入消融魔藥才能完成消融。如果沒有被消融，魔怪被壓縮着，不需要進食也能一直存活。」南森説着猛地把瓶蓋打開，派恩居然嚇得後退一步，他怕有魔怪再從裏面跳出來。與此同時，海倫身上帶着的幽靈雷達的指針猛地跳躍起來，南森把瓶口放低，「老伙計，你來聞一聞。」

保羅答應一聲，走過來用鼻子對着瓶口聞了聞，他吸了兩口氣，立即把頭轉到一邊，一副很難受的樣子。

「魔怪味道，很刺鼻，就是一隻狐怪。」保羅説着伸頭對着四面的空氣東聞西嗅，隨後搖搖頭，「可惜，要是牠剛逃走十幾個小時內，我能根據瓶子裏的味道跟蹤牠的味道找到牠，但是現在都過去好幾天呢，還下過雨，無法跟蹤了。」

「根據味道判斷牠的魔力指數。」南森提醒問道。

「魔力指數中級，不高不低。」保羅説。

「那牠還在裝魔瓶裏沒被融化。」派恩叫了起來，

為什麼狐怪沒有被消融？

「要是牠的魔力指數是高級，還不把裝魔瓶直接撐破呀。」

「個別魔怪自身抗拒消融能力超強。」南森分析說，「阿德里恩，也就是威瑞斯的高祖父作為一名法力高超的魔法師，把這個瓶子拿在手裏就知道狐怪有沒有被消融，但是他似乎忽視了這點……」

「博士，裏面有一點點消融魔藥的味道。」保羅想起

了什麼，連忙說。

「啊，那說明阿德里恩知道狐怪沒有被消融，向瓶子裏加了消融魔藥，有些抗消融力強大的魔怪，要每隔一天投入消融魔藥，連續三次才能被融化……也許他遺漏了？不過好像解釋不通呀……」

「都當了魔法師聯合會的副會長了，不會這麼不小心吧。」海倫在一邊說。

南森沒說話，而是又在院子裏找尋着什麼，小助手們和麥克都不敢打攪他，靜靜地站在一邊，過了五分鐘，南森走了過來，表情很嚴肅。

「現在的情況是，無論如何，一隻狐怪已經被釋放出來，隨時有可能危害到人類，我們要找到這個狐怪。」

「是。」海倫他們一起回答。

「下一步我們先把車庫和房間再翻找一遍，看看阿德里恩是否還有什麼東西留下來。」南森開始了布置工作，「麥克先生通知在倫敦森林茂密地區執勤的警員，注意安全，盡可能勸阻人們不要深入林地或是在林地停留太久，狐怪的特性是喜歡密林，萬一牠逃進某處密林，一旦遭遇到人類，後果不堪設想。」

「是，博士先生，我馬上去打電話。」麥克立即說。

「過一會，我會去聯合會，那裏有比較詳盡的檔案資料，應該能查到這隻狐怪是怎樣被阿德里恩抓進裝魔瓶的。」南森繼續說，「我想那隻狐怪還沒有跑遠，同時有關阿德里恩的資料應該能為我們提供線索。」

大家立即展開新的行動，海倫和本傑明去了車庫，他們檢查着每個箱子，會不會還有一個裝魔瓶裝着一個未被消融的魔怪，這誰都不能保證。南森和保羅、派恩直接去了別墅的房間，這裏可能也有阿德里恩遺留下來的物品，麥克打了電話，調來了多名警員，協助南森搜索房間，因為別墅的房間很多。

海倫和本傑明把車庫仔細翻找了一遍，最後只在一個箱子裏找到了魔法師聯合會頒發給阿德里恩的獎牌，獎牌的後面鐫刻着對阿德里恩多年服務於聯合會的感激之言。對房間的搜索一直持續了三個多小時，在警員的幫助下，南森他們找到了一本古老的影集，上面有阿德里恩的照片，還有幾封書信、阿德里恩的一些手稿，南森簡單看了一下，書信內容和手稿都和這次的案件毫無關聯，不過保羅拍下了阿德里恩的那些照片，照片中的阿德里恩身材高

大，一身英武之氣，有幾張照片就是在倫敦魔法師聯合會外拍的，看上去那裏上百年來沒什麼太大的變化。

沒有再找到存留有魔怪的裝魔瓶，大家算是放下了心，派恩一直抱怨身為副會長的阿德里恩太不小心，上百年前的一個失誤造成了現在很大的問題。南森停止了這裏的搜索，下一步，他安排麥克開車帶着海倫他們在市中心區域林木茂盛的公園安置魔怪警報器。

這是忙碌的一天，經過將近一下午的奔波，海倫他們在倫敦市區裏所有的公園都安置了魔怪警報器，倫敦市區多年來一直有狐狸出沒，而狐怪雖然是魔怪，但是基本的動物屬性還是存在的，所有的狐怪都喜歡居住在森林和山地，晝伏夜出，這隻逃走的狐怪也不會例外。

麥克把海倫他們送回到偵探所後，沒有立即離開。保羅向海倫發了訊息，說是還在聯合會，但會馬上回來，而且保羅說南森有了一些發現，大家因此都很期待。

派恩一回來就倒在沙發上，他很累了，沒一會，居然睡着了，本傑明回到房間也睡着了。麥克還好，海倫他們安裝魔怪警報器的時候他只是在車裏等着，這種魔法師的工作他可一點也不會。

大概半個多小時後，南森和保羅回到了偵探所。海倫和麥克連忙迎上來，南森發現派恩就睡在沙發上，連忙叫大家小點聲，不要打擾到派恩。他讓海倫和麥克再等一會，自己要在電腦上找些資料，連同下午在魔法師聯合會查到的資料，進行綜合分析。看得出來，南森的表情帶着點點的興奮，看樣子是有了不錯的收穫。

海倫精神還好，她為南森和麥克準備了一些吃的，靜靜地在一邊等着南森。麥克警長已經接到醫院裏那名警員的來電，威瑞斯醒來後果然還記得自己被魔怪襲擊的細節，他只發愣了一會，感到這件事不可思議，五分鐘後就恢復了常態——當然那是他自己獨有的常態，他説自己的人生更加完整了。果然是魔法師的後代，膽子確實很大。

南森看着電腦，用筆寫着什麼，他的表情一直很平靜，隨後，他離開了電腦，小範圍地來回踱着步，像是在思考什麼，偵探所裏安靜極了。沒過一會，派恩醒了，海倫連忙提醒他不要發出聲響，打擾到南森。

「怎麼樣？能不能找到狐怪？」派恩靠近海倫，小聲地問。

「你去把本傑明也叫醒吧。」海倫壓低聲音，「根據

我的經驗，博士有了發現，馬上就要發布了。」

派恩興奮地去了本傑明的房間，把還在昏睡的本傑明叫醒，本傑明一臉不高興，不過聽派恩說博士有了發現，睡意全無，跟着派恩來到了客廳裏。

南森已經離開了電腦，看到大家都盯着自己看，笑了笑。

「不要緊張，放鬆，請放鬆。」

「我們一點也不緊張。」派恩說，「我們就是慌張，害怕那個狐怪跑了。」

「牠跑不了的。」南森說着走到客廳中央位置，「我們現在可以梳理一下案情，加上我新找到的線索，這個案子更加清晰起來……」

大家都連忙坐好，有的坐在沙發上，有的坐在椅子上，保羅則得意地跟在南森身邊，好像大家關注的是自己。

「一百多年前的魔法師阿德里恩，由於不慎，令一隻已經被抓到的狐怪近日逃出了裝魔瓶，成為了這個案件的核心，我們或多或少都會抱怨，阿德里恩這種大魔法師怎麼會犯這樣的低級失誤。我們錯了，誤會他了，因為我下午查到了有關這一切的資料……」南森環視着大家，語調不高，「一百多年前，阿德里恩身為魔法師聯合會的副會長，帶領幾個魔法師剿滅倫敦北部森林裏的一個狐怪團夥，這個團夥一共有四名成員，連殺五人，罪大惡極，阿德里恩帶人前往捉拿，首戰就抓到一隻狐怪，並將牠收進了裝魔瓶，應該就是這次逃出裝魔瓶的這隻，他應該發現了這隻狐怪不那麼容易被消融，所以向裝魔瓶裏投放了消融魔藥，首戰後的第三天他們在那個森林跟蹤到了另外三隻狐怪，前往捉拿的時候，遭到了狐怪的突襲，阿德里恩身亡，隨後趕到的魔法師付出了一人重傷的代價，才擊斃了另外三隻魔怪，以上這些，只有被抓進裝魔瓶的狐怪難以被消融是我的推斷，其他都有詳盡的檔案記錄。」

「我覺得……」海倫想了想，「阿德里恩本身沒有失誤，第三天再投放一次消融魔藥就能融解掉狐怪，但是當天他遇襲身亡了，狐怪就留在了那個裝魔瓶裏。」

「對，阿德里恩身亡後，在家中的裝魔瓶也就被後人留下，因為後人中再也沒有一個人接觸過魔法，根本就不知道裝魔瓶裏還有魔怪。而阿德里恩身前也沒有和誰講起過裝魔瓶裏的狐怪還未被完全融解掉，就這樣，狐怪活

了下來，很長時間以後，牠的身體再次聚集，重新成形。注意，根據威瑞斯的描述，襲擊他的狐狸是白色的，眉心有黑毛，而檔案記錄顯示被阿德里恩收進裝魔瓶的魔怪也是白色的，眉心有黑毛，所以我們能判定兩隻狐怪為同一隻。我剛才上網查了一下，倫敦地區的狐狸沒有這種白色的，一般都是紅褐色，所以牠的外貌特徵還是比較獨特的，牠的另外三個同夥有一隻也是灰白色的，就是襲擊阿德里恩的那隻，另外兩隻是紅褐色的。」

「那看來我們是錯怪阿德里恩先生了，一個資深魔法師，不會犯這樣的低級失誤的。」本傑明説着看看海倫，海倫點了點頭。

「接下來的事情，就可以相對比較簡單地進行推斷了。」南森繼續説，「裝魔瓶一直被阿德里恩的後人放在箱子裏，此時的狐怪就算是成形復原，也只能蜷縮在瓶子裏，只要無人唸出解除咒打開瓶蓋，牠自己不能出來，那瓶蓋推是推不開的，牠知道解除魔咒怎麼唸，但自己唸也沒用，所以我判斷牠幾十年前就成形了，一直在等待機會，這次終於等到機會了。」

「不但抗消融能力強大，也非常狡猾。」海倫恨恨地

說。

「確實狡猾……」南森點點頭，「裝魔瓶被威瑞斯翻找出來後，狐怪把咒語用魔法反寫在瓶子壁上，令其發亮，威瑞斯中計，唸出了解除咒，狐怪被釋放出來，打傷了威瑞斯後逃走了，我們推斷過，牠剛出裝魔瓶，對外面的事不了解，所以不想把事情鬧大，沒有殺害威瑞斯，只是扔掉裝魔瓶，砸了音響，最後逃走了。」

「那牠逃去了哪裏？」派恩說出了大家最關心的問題。

「這裏——」南森走到地圖前，指着倫敦的北部郊區說，「赫普思林地，這是倫敦北郊的一個荒蕪林地，為什麼是這裏？因為一百多年前這裏就是牠們那個魔怪團夥藏身的地區，牠就在這個林地的南部邊緣地區被抓，牠的三個同夥也是在這片區域被擊斃的，不過狐怪可不知道被抓三天後三個同夥都被擊斃了。抱着一線希望，牠一定會回到那裏找那三個同夥，這是牠逃出來後一個最為可能的去處，牠應該都等了上百年了！」

「有道理，有道理。」派恩連連點頭，「要是我，我也會這樣的。」

「赫普思林地，距離市中心很遠，那裏我們沒有安裝魔怪警報器呀。」海倫走到地圖前，有些遺憾地説。

「麥克警長，你來通知在赫普思林地周邊區域的警員巡邏時小心，不要讓任何人進入林地，同時要巡邏警員不要隨意下車，呆在車裏，發現情況馬上報告並儘快駛離。」

麥克答應一聲，連忙去打電話，他剛才一直聽着南森的推斷，案件總體情況越來越清晰，他非常高興。

「我們是要去那個林地抓狐怪了嗎？」派恩和本傑明已經激動起來。

「對呀，那個林地非常大，牠不知道同夥早就斃命，這兩天沒找到同夥，牠不會死心的，應該繼續留在那裏，沒有誰會通知牠，牠同夥一百年前就被擊斃了。」海倫分析説。

「現在我們……繼續休息……」南森微笑着眨了眨眼，「現在天剛黑沒一會，狐怪是晝伏夜出的，過幾個小時，午夜十二點左右，我們到達那裏就行，噢，我還會請外援。」

「外援？」派恩一愣。

「我知道……我很長時間沒看到牠們了……」海倫笑瞇瞇地說。

「現在就請牠們出來吧。」南森略帶頑皮地看着派恩，「讓牠們熟悉一下狐怪的味道，同時也要和我們的派恩熟悉一下。」

派恩瞪大眼睛，疑惑地看着南森，麥克也一樣。南森站在客廳，手向上一指。

「靈狐助戰——」

第五章　郝普思林地

隨着南森的口令，他的指尖白光一閃，隨後那道白光瞬時纏繞住了他的手臂，兩隻身形不大的白色狐狸就突然在他的手臂上出現，隨後繞着手臂爬到南森身上，隨即跳到地上。

跳到地上的靈狐發現了第一個目標——保羅。兩隻靈狐衝上去圍着保羅又是摟抱又用舌頭去舔保羅，保羅哈哈地笑着，靈狐太熱情，保羅都有些招架不住了，他躲避着，但是兩隻靈狐可不肯放過他，繼續纏着他。

「真有意思。」麥克在一邊感歎道，他一直盯着那兩隻靈狐看。

「好久不見了」。海倫上前抱起一隻靈狐，也算是幫保羅解圍。

那隻靈狐認識海倫，嘴裏「吱吱」地叫着，非常開心的樣子。本傑明上前抱起另外一隻，保羅總算走到一邊。

「博士還藏着兩隻小狐狸呢。」派恩站在海倫身邊，

用手逗弄着靈狐，麥克也走過來摸了摸那隻靈狐。

「如果我獨自面對數個魔怪，可以呼喚靈狐出來幫助我，牠們攻擊力一般，但是抵擋一時的能力還是有的。」南森從本傑明手中抱過那隻靈狐，「還有很強的找尋能力，尤其是我們要找的是一隻狐怪，狐狸找狐狸，我想這兩隻靈狐的幫忙能大大提高我們的效率。」

「我們學校的教授能呼喚出靈鳥，幫他傳遞資訊。」派恩説着伸出手，「來，讓我也抱抱。」

「這是派恩，你們還不熟悉。」南森對那隻靈狐説，「熟悉一下吧，一會我們要並肩作戰的。」

被派恩抱過去的靈狐一點也不怕陌生，伸出頭舔了舔派恩，派恩笑着，他非常喜歡這兩隻小狐狸。

南森走進了實驗室，把從威瑞斯家帶來的那個裝魔瓶拿了出來，把瓶蓋打開，呼喚兩隻靈狐過來聞一聞味道。

兩隻靈狐對着瓶口聞着味道，南森叮囑牠們記住這個味道，還告訴牠們一會就要在林地裏找尋這個味道，兩隻靈狐完全聽得懂南森的話。

南森叫靈狐去和保羅玩耍，他要和小助手們休息一下，幾小時後將前往赫普思林地搜索狐怪。麥克也想跟去，南森説他可以去，但是不能進入林地，要在林地外的車中等待。

天已經完全黑了下來，一輪圓月高掛天空，倫敦起了些風，不算大，但是也將樹枝搖晃得來來去去，並發出「沙沙」的聲響。

倫敦的北郊，赫普思林地，樹木茂盛，在風的推動下，樹葉摩擦聲令整個林地不那麼的安靜。兩棵大樹之間，鑽過一個黑影，説不上來是什麼動物，只是一直向樹林深處跑去。

夜半十一點多，南森他們整裝待發，幽靈雷達小助手們每人一台，保羅滿載四枚追妖導彈，海倫還帶着四枚備用彈，兩隻靈狐依舊十分活躍，在保羅身邊繞來繞去的，一刻也不肯安靜下來。

他們一起出了偵探所，南森駕車帶着保羅和兩隻靈狐，海倫他們上了麥克的車，不到一小時就能趕到赫普思林地。

通往北郊的道路上，車輛非常稀少，只有高掛的月亮和這兩輛車相伴，四十多分鐘後，他們來到了赫普思林地南的一處建築旁，幾輛警車停在那裏。麥克停車後向那幾輛警車走去。南森他們下車後集合在一起，南森叫小助手們再次檢查裝備。

「向前走幾百米就是林地的最南端了。」麥克走了過來，他認真地看着南森，「你們千萬要小心。」

「好的，麥克警長。」南森也叮囑道，「你們就在車裏等，我們可以用對講機聯繫。」

麥克點點頭。南森看看幾個小助手，隨後一揮手，他們一起向前方的郝普思林地走去，夜色中，麥克看着他們的背影，月亮提供了一些光亮，但是走出去幾十米，他們就隱沒在了茫茫的夜色中，麥克上了一輛警車，在裏面靜靜地等候。

前方一片黑壓壓的樹林已經呈現在南森他們的眼前。

大家的腳步踩在地面上，發出極輕微的聲音，現場的氣氛有些沉悶，就連兩隻靈狐也不那麼的活躍了，只是跟在保羅身邊。此時，無論是保羅的魔怪預警系統，還是三台幽靈雷達，探測信號都齊刷刷地指向林地腹地。

南森他們來到了林地的最南端，他們向裏面走了十多米，黑暗的樹林完全吞沒了他們。南森擺了擺手，借着射進林地的月光，小助手們看清了這個動作，全都停了下來。

「記住那個味道了？」南森蹲下來，對兩隻靈狐說，「你們進去，找到那個味道，然後來報告。」

兩隻靈狐先是點點頭，隨後一前一後地快速鑽進了林地，很快就不見了蹤影。

「我們也前進，不能在這裏等。」南森壓低聲音，指揮小助手們繼續向前。

「那靈狐找不到我們怎麼辦？」派恩有些着急地問。

「放心吧，牠們一直都記着我們的味道，只要在這個林地裏，我們走到哪裏牠們都能找到我們。」本傑明搶過話，代替南森回答，「距離再大一些也能找到我們。」

「啊，那就好。」派恩總算是放心了。

南森他們一路向前，幽靈雷達不僅僅有搜索魔怪的功

能，也有方向定位功能，依靠着幽靈雷達指向，他們慢慢地向着林地的中心區域進發。

赫普思林地的面積有三十多平方

公里，基本上呈四邊形。南森判斷如果那隻狐怪藏身在林地裏，巢穴一定在中心區域。

前面的樹木茂盛，對保羅發射的探測信號有很大的遮罩，他們前行了近千米，沒有發現目標。他們一路上都穿行在林木間，路很不好走，派恩被一根大樹的樹根盤枝絆倒了，本傑明説他笨，怎知自己也被絆倒了，派恩又反過來嘲笑本傑明。

「我說，你們小點聲。」保羅本來衝在前面，聽到派恩和本傑明拌嘴，轉身回來，「要是驚動了狐怪，牠就逃跑了！」

派恩和本傑明連忙閉上嘴，不過兩人在昏暗的森林裏相互瞪着，一副誰也不服氣的樣子。

保羅再次轉身，跑到南森身邊，壓低了聲音。

「博士，這裏樹木太多，還有很多大石塊，我的探測信號都被反彈回來或者分散出去，怕是到我們近距離發現了狐怪，狐怪也同時發現我們了。」

「我的幽靈雷達的探測信號也有折射反應，效果大打折扣。」海倫跟着說。

「我們還有靈狐呢，牠們通過氣味尋找，效果比我們好，而且狐狸本身對狐怪更加敏感。」

「那就全靠靈狐了。」保羅很是無奈地說，「也不知道牠們找到什麼沒有。」

「牠們找要比我們找更快。」南森堅定地說，他轉身看看派恩和本傑明，「你倆跟在我們後邊，千萬小心……」

「好的。」本傑明說着向前邁步，不過他正好踢到一塊石頭上，差點叫出來，不過還好忍住了，只是捂着腳跳了幾步。

「叫你小心點。」派恩過去扶着本傑明，「踢到石頭了吧？別喊出來，小心把狐怪驚動了……」

「蹲下——」保羅突然小聲喊道，他説着就趴在地上，仔細地盯着前方。

本傑明和派恩連忙蹲下，南森在一棵樹下附身蹲下，海倫就在他身邊，看着手裏的幽靈雷達。

「這信號是……」海倫的雷達熒幕上閃爍着兩個亮點，她分辨着這兩個信號，「是靈狐，距離我們還有一百米，老保羅，你太緊張了……」

「是靈狐。」保羅説着站了起來，「謹慎點有什麼不好，牠倆的信號反應和魔怪很相似，第一時間發現都會緊張。」

説話間，兩隻靈狐從樹叢裏鑽了過來，隨即圍住了南森，激動地比劃着，向南森指明方向。

「那邊嗎？」南森蹲下身子，看着靈狐指的方向，「你們找到牠了？」

第六章　烈焰坑

兩隻靈狐激動地點着頭，一隻飛身一躍，就跳到了南森的肩膀上，然後指着北面。本傑明他們圍了過來，情況很清楚了，兩隻靈狐找到了那個狐怪的位置。

大家都很興奮，南森放下跳到自己肩膀上的靈狐，手一揮，讓靈狐引路。兩隻靈狐轉身就向北面跑去，不過速度不快，邊跑邊回頭看着南森他們。

南森他們連忙跟上，靈狐果然很快就找到了狐怪，南森邊跟着向前，邊想着抓捕方案，形成一個包圍圈是一定的，不過有靈狐在，即使狐怪逃走也會被靈狐緊緊跟上，沒有誰比牠們更了解狐狸的一切了，兩隻白色靈狐油亮的毛髮映射着月光，在暗夜中很是顯眼。

他們跟着靈狐向林地的東北方向行進了一公里多，保羅的魔怪預警系統才捕捉到一個微弱的魔怪反應，他們和這個魔怪反應距離兩百多米，平常五百多米就能很準確地捕捉到魔怪反應，保羅的預警系統信號在密林中大打折扣。海倫他們的幽靈雷達則是在他們又向前行進了幾十米才捕捉到信號。

距離目標位置五十米的地方，靈狐很老練地停住了腳步，南森走過來，靈狐指着前面的地方。南森走到一棵樹後，探出身子，借着微光看到，前面有兩棵交叉倒下的大樹，大樹已經倒下很多年了，樹幹周圍長着高高的灌木，落葉鋪滿了前方區域。

「魔怪反應就是從兩棵倒下的大樹交叉的地方發出來的。」海倫用幽靈雷達探測着，她探測到的信號一動不動，似乎正在睡覺，她靠近南森説道，「下面應該有個巢穴。」

「合圍那裏。」南森轉身，對幾個小助手説，「我在這裏，保羅、靈狐和我一起行動，海倫繞到我對面，本傑明在左，派恩在右，我點亮一顆亮光球就是攻擊信號，你們用凝固氣流彈把牠轟出來，我來抓牠！」

隨後，南森從口袋裏取出一個微型對講機，在手中晃了晃，小助手們都點點頭，也拿出了對講機，隨後開始分頭行動，海倫繞向南森的對面位置，本傑明和派恩也向各自的位置走去。過了一分多鐘，南森感到小助手們都已經

到位，手指在對講機上輕輕敲了一下，隨後，對講機裏分別傳來三次聲迴響，小助手們表示自己已經到位，這種暗語式的敲擊都是事先布置好的，南森又敲了兩下，表示自己開始行動。

南森走出那棵大樹，向前慢慢靠近，海倫他們也一起行動，包圍圈一點點地收縮，保羅走在南森身邊，兩隻靈狐則一左一右在最前面引路。

大家越來越近，很快他們就距離狐怪的巢穴三十米了，南森決定再向前走十米就點亮亮光球，不過前面的狐怪巢穴安靜得令人窒息，這讓南森有一絲絲的不安。

「呼——」的一聲，走在南森身前五米處的一隻靈狐突然踩中了什麼，一股烈焰從地面突然湧出，一團火頓時包裹住了那隻靈狐，靈狐全身是火，慘叫着開始翻滾，牠的那個伙伴頓時不知所措，保羅想上前救援，但是無從下手。

「雷雨冰徹——」南森連忙指着靈狐唸了一句魔法口訣，一股大水從靈狐頭頂一米處落下，覆蓋了靈狐，隨後變成一個冰團，包裹住靈狐，靈狐身上的火焰轉瞬間就被撲滅了。

前方顯然有陷阱，一切發生得非常突然，被燒的靈狐的伙伴憤怒地向前，想衝過去和狐怪拚命，南森本來想繼續救助被燒的靈狐，此時立即飛撲過去一把拉住了那隻靈狐。

「呼——」的一聲，那隻靈狐踩到了什麼，又是一股烈焰衝向天空，南森已經抓到了那隻

靈狐的尾巴，把牠往後一拉，靈狐的一隻前爪被燒到，南森把他拉過來，用手幾下就拍滅了靈狐前爪上的火焰。

「海倫——你們不要前進——」南森大喊着叫海倫他們站住，此時他都能隱約看見對面的海倫了，「有陷阱——」

狐怪沒有被引出來，牠仍被包圍着。南森此時顧不得牠，他拿出急救水，衝到被冰塊包裹着的靈狐身邊，用手敲碎冰塊，靈狐當即就有氣無力地癱在地上，牠的全身都發黑了，毛都燒掉了，南森把大半瓶急救水倒在了靈狐身上，隨後把剩下的急救水灌進靈狐口中，靈狐動了動身體，緩過來一些。

本傑明沉不住氣，已經向狐怪的巢穴射出了一枚凝固氣流彈，氣流彈在巢穴上空爆炸，本傑明想把狐怪驅趕出來。

另外一隻前爪被燒傷的靈狐也被南森倒了些急救水，那隻靈狐用舌頭舔着前爪。南森隨即向狐怪巢穴上空射出一枚亮光球，亮光球頓時將這片區域照得亮如白晝。南森和小助手們牢牢地包圍着狐怪巢穴，保羅説狐怪就在巢穴裏，他牢牢鎖定着狐怪的魔怪反應。

再向前一定還會遇到烈焰坑，南森大概知道了狐怪的這種詭計陷阱，他大喊着讓小助手們後退並捂住耳朵，隨即手一揮。

「震爆彈——」

一枚白色的發散着煙霧的球體隨着南森的魔法口訣飛向狐怪的巢穴上空，「轟——」的一聲，震爆彈在距離地面一米的地方爆炸，這聲音極其巨大，而且非常沉悶，一股強大的衝擊波拍擊向地面。地面上，在狐怪巢穴周邊一共有十多個烈焰坑塌陷下去，這些烈焰坑直徑都在二十厘米左右，和燒到靈狐的坑口一樣大，此時這些烈焰坑的坑口都露了出來，隨即，十多股火焰從坑口噴射而出，柱狀火焰有兩米高，持續了十多秒才熄滅。

狐怪設置的詭計陷阱被破解，海倫第一個衝了上去，距離大樹下的魔怪巢穴不足十米，海倫也射出了一枚凝固氣流彈，但是令她感到詫異的是，那隻狐怪的魔怪反應雖然存在，但是仍然是一動也不動的。

海倫顧不上這些，與此同時，南森和本傑明也衝到了狐怪巢穴那裏，海倫和本傑明各自掀開一根樹幹，一個敞開的地穴露了出來，南森上前就要去抓狐怪，但是在亮光球照得亮堂堂的地穴裏居然什麼都沒有，大家都吃了一驚。

「這裏——」保羅跳下地穴。

地穴大概有兩平米多寬，一米深，就在兩棵倒下的大樹的交叉處下方，地穴裏此時空無一物，只有一塊巴掌大小的石頭。保羅衝過去把石頭撥開，一撮狐狸毛被壓在石頭下，大家捕捉到的魔怪反應，就是這一撮狐狸毛散發出來的。

狐怪怎麼知道南森他們正在找牠，從而設置陷阱？

「我們中計了。」南森握着拳頭，很是遺憾和懊惱，「我自己也有失誤，應該用透視眼看看狐怪在不在巢穴裏。」

「牠怎麼知道我們要來的？」海倫看着四周，「把巢穴設置在這裏，夠狡猾的……」

這時，前爪被燒傷的靈狐，經急救水塗灑傷口後好了很多，牠跟過來，忽然身體直立起來，頭向西猛轉，隨後激動地指着西邊，嘴裏還「吱吱」地叫。

「那邊有魔怪反應——」保羅這時也跳了起來，「我探測到一個微弱信號——」

靈狐飛身追了過去，本傑明和派恩立即跟上，南森讓海倫看顧那隻受傷的靈狐，自己也追了上去。

前爪受傷的靈狐行動不那麼靈活，保羅很快就超過了牠，現在保羅捕捉到的魔怪反應是移動的，這個信號發現保羅他們追來，轉身就跑，保羅努力地用追妖導彈瞄準牠，但是樹木太多，追妖導彈射出去要轉很多彎，發射系統不斷提示射擊受阻。保羅追了兩百多米，林木茂盛，保羅繞着樹追趕，忽然，信號不見了，保羅只能站在那裏，無奈地四下望着。

身後的靈狐跟了過來，看到保羅停在那裏，靈狐也停下，東聞西嗅的，牠也失去了氣味源，狐怪快速脱逃了。

本傑明他們隨即趕到，保羅一臉無奈，本傑明頓時明白追蹤失敗了。

「跑了，牠跑了。」保羅説，「這裏牠很熟悉，我們跟不上牠。」

「靈狐也找不到氣味源了。」南森抱起靈狐，靈狐此時像是一個做錯事的小學生一樣，低着頭，完全沒有了剛才的活躍。

「狐怪其實就在附近，剛才牠靠近過來，似乎要看我們的笑話呢。」保羅分析道，「看看牠的烈焰坑燒到我們幾個人。」

「牠完全知道我們要來呀。」南森若有所思地説。

「這可怎麼辦？」派恩小心地碰了碰本傑明。

「我怎麼知道？」本傑明沒好氣地説。

「噢，確實，我居然會問你。」派恩連忙説。

大家一起向回走去，靈狐走起來還有些一瘸一拐的，本傑明把牠抱了起來。回到剛才的地方，海倫就站在那裏，她身邊的靈狐已經不趴在那裏了，而是站了起來，由於急救水的救助，這隻靈狐只是外表看起來是黑乎乎的，其實牠傷得不重，精神也還好。

海倫看到大家回來，立即迎上去。南森把經過告訴了她，海倫似乎預感到狐怪會脱逃，也沒有過多驚歎。

南森沒有急着帶領小助手離開這一無所獲的林地，他站在狐怪的巢穴旁，仔細地看着那個巢穴，巢穴明顯是新開挖的，土層都很新，裏面也沒有什麼雜物，只有那塊壓着狐怪毛的石頭。

拿過海倫的幽靈雷達，南森對着巢穴掃描了一遍，隨後又去看狐怪設置的那幾個烈焰坑，把雷達還給海倫的時候，他看到小助手們全都無精打采的，派恩甚至可以説是愁眉苦臉。這也可以理解，中了狐怪的計，還讓牠跑了，兩隻靈狐也負傷了，行動完全不成功。

「不要這個樣子。」南森淡淡地一笑，拍拍派恩的肩膀，「振作一些。」

「我也不想這個樣子，可這下該怎麼辦呀？」派恩小聲地説道。

「有辦法，有辦法。」南森繼續笑着，「辦法都是想出來的。」

「牠變成黑的了。」海倫抱着受傷的靈狐走來，「毛也燒光了，遠看像大老鼠。」

「帶回偵探所休養，還要再喝兩次急救水。」南森説着看看大家，「我們先回去。」

他們走出了林地，用對講機通知了麥克警長。麥克見到南森他們後，聽説了抓捕經過，也很是遺憾，不過他對南森很有信心。

回到偵探所，已經快天亮了。南森安頓好靈狐，叫大家都去休息，這一夜他們實在太累了。

第七章　本傑明預測的方向

第二天一早，海倫第一個起來，儘管是第一個起來，但是看看時間，也有十點多了。兩隻靈狐在客廳裏，看到海倫，都走了過去。那隻被燒掉毛的靈狐看上去精神好了很多，不那麼有氣無力的了，只是身上還是一片黑色。前爪受傷的靈狐則完全恢復了以往的狀態，圍着海倫跳來跳去的，一刻也不肯停歇。

「保羅呢？」海倫覺得靈狐應該跟在保羅身邊，可是沒看到保羅。

兩隻靈狐一起用前爪指着門外，意思是保羅出去了。

「出門了？」海倫轉身看看四周，「博士也不在，一起出門了？」

兩隻靈狐一起點着頭，牠們完全能聽懂海倫的話，只是無法用語言表達。

正在這時，客廳的桌子上飛過來一個藍色的小球，這是一個資訊球，扇動着翅膀的小球飛到海倫身邊，懸停着，海倫伸出手掌，小球落在了海倫手上，隨後打開，裏面有一簇藍色的光射出來。

「海倫，去郝普思林地安裝兩個魔怪警報器，記住，不要單獨去。我和保羅去魔法師聯合會，下午回來。」南森的聲音隨着那束光從小球中傳出來，這是南森的留言。

海倫把小球放到桌子上，她走進南森的實驗室，從裏面拿了兩個魔怪警報器。這時，派恩伸着懶腰走了出來，海倫連忙叫他去洗漱，然後和自己一起去安裝警報器。按照操作流程，在魔怪可能出沒的區域安裝警報器的時候，魔法師要儘量避免單獨行動，以防不測。

派恩抱怨着，要是自己起晚點，海倫就和本傑明去了，不過他還

是很快洗漱好，和海倫吃了點早餐，叫了一輛計程車，再次去了郝普思林地，在那裏安裝了兩個魔怪警報器後回到偵探所。

下午的時候，南森和保羅回到了偵探所，他倆一副風塵僕僕的樣子。兩隻靈狐看到保羅，興奮地迎上去，南森把燒傷的靈狐抱起來看了看，這隻靈狐的確好了很多。

「海倫，警報器放好了吧？」南森放下靈狐，問道。

「放好了，我和派恩去的。」海倫點點頭。

「那片林地，沒什麼異樣吧？」南森又問。

「看上去很正常，白天能看見一些小動物在裏面活動。」

「我們還看見了一隻小鹿呢。」派恩搶過話説。

「林地周圍有警員巡邏，不讓我們進去，我們説明了來意才讓我們進去的。」海倫説，「博士，狐怪設下陷阱算計我們，牠也一定知道自己暴露了，那牠還會到這個林地去嗎？會不會跑到別的林地了，或者向北跑，進入了山地？」

「放警報器是一種預防措施。」南森微微一笑，「我和保羅去了聯合會查資料是追蹤主要線索，我們認為，狐

怪不大會離開倫敦……」

「博士！你又有了什麼發現？」海倫眼睛一亮，「我就知道你一定有辦法。」

「把本傑明叫出來。」南森説，「不會還在睡覺吧？」

「沒有，在房間裏研究狐怪的去向呢。」海倫説，「他覺得狐怪再也不會回到郝普思林地了。」

「我去叫他。」派恩説着向本傑明的房間走去，「本傑明，聰明的笨蛋，快點出來——」

半分鐘後，很不情願的本傑明被派恩拉了出來，他一臉的不高興，聲稱自己馬上就推算出狐怪的逃跑方向了，「研究成果」全被派恩給打亂了。

「本傑明，快把你預測的狐妖去向和我們説説，不成熟的也行。」南森笑着説，「很多問題就是要我們坐在一起討論的。」

「我真的要研究出結果了，可是派恩這個笨蛋中的笨蛋……」本傑明説完瞪着派恩，派恩也瞪着本傑明，本傑明揮揮手，「哎，不説這個笨蛋……根據那天狐怪的逃跑方向，牠是向北逃竄的，我們看看地圖就知道，倫敦的西北和東北方向都有山地，所以牠可能向北逃進了山地……」

「噢，你是説狐怪向北跑了。」南森確認地問。

「對……」本傑明點點頭，「不過，倫敦的西面和南面也有山地，所以牠可能故意向北轉一圈，讓我們以為牠跑進北部的山地了，隨後一轉方向，跑到倫敦西面或南面的山地了。」

「就是説牠的另外兩個逃跑方向是西面和南面？」海倫問。

「對。」本傑明點點頭，「不過牠如果水性很好，或者乾脆偷偷溜到一艘船上，反正牠會魔法，所以從倫敦東面的泰晤士河口那邊逃到海上，在歐洲大陸登陸的可能性也要考慮進去。」

「牠這不是逃跑，牠這是倫敦周邊遊。」派恩在一邊嘲弄地説，「東西南北是個方向你全都説了，就差月球方向了。」

「全給你打亂了！還説呢。」本傑明沒好氣地看着派恩，「我正要在這四個方向裏找出最可能的那個呢，你跑進來硬拉我……」

「本傑明，確實是我讓派恩叫你出來的。」南森站起來，再不勸阻，他和派恩會一直爭下去的，「你這四個方向，最終沒有確定是哪一個對嗎？」

「是的。」本傑明點着頭說，「好像逃向了北面，不過也許是西面和南面，也有可能逃向東面……」

「還是繞圈跑。」派恩又笑了起來，「這隻狐怪也夠累的。」

「你連一個方向都找不到！」本傑明不服氣地說。

「本傑明也許只是不能確定一個主要的方向。」南森連忙說，「魔怪跑掉以後，行蹤的確難以確定，牠當然不會告訴你牠要去哪裏……嗯，所以，我們這些魔法偵探，就要憑藉推理，把牠的方向找出來，這就是我們的工作。」

南森這樣一說，大家都看着他，偵探所裏立即安靜了下來，小助手們都能感覺到，南森應該是又有了什麼發現。

「首先，我們要確定我們原始思路的正確性，這非常關鍵。」南森繼續說，這就像是一堂教學課，南森的話誘導着大家，「沒有誰告訴我們狐怪會躲進郝普思林地，但是我們確實在那裏發現了牠，甚至還中了牠的計，無論如何，我們的這個方向是正確的，那麼派恩，你來告訴我，為什麼我們會選擇這個方向？」

「因為狐怪會去這個林地找尋以前同夥，沒有誰告訴牠同夥早被魔法師剷除了，牠剛從裝魔瓶裏出來，更需要

同夥的幫助。」派恩站起來說。

「很好，請坐下。」南森滿意地點點頭，「關了上百年，剛出裝魔瓶，音響很吵，牠不知道是用手機藍牙控制的，便直接砸了音響，牠當然能感覺到自己和外界脫節了，找到那些能活幾百年的同夥當然是牠的首要任務，所以牠重回郝普思林地……那麼本傑明，你來告訴我，牠找到同夥了嗎？」

「沒有呀。」本傑明也站了起來，詫異地說，「不可能找到的，牠的同夥一百多年前都被剷除了。」

「對，但是牠知道嗎？」南森問。

「不知道，沒人會告訴牠這些的。」

「很好。」南森點了點頭，他沒說話，而是做了手勢讓本傑明坐下，他看着大家，足有半分鐘，「所以……牠接下來還會繼續尋找同夥，至於我們捉拿牠這件事，只能算是對牠的一次干擾，牠是魔怪，不會太在乎這些，而正是知道我們在追蹤牠，牠會越想得到同夥的支援，無助的滋味很難受，對牠來說也是這樣。」

「博士……」海倫看着南森，緩緩地說，「我大概明白你的意思了，你是說今後狐怪還是會找尋同夥的，因為牠們以前的活動區域就是郝普思林地，所以牠……可能沒有走遠，會繼續在郝普思林地找同夥。」

「對，這就是我要説的。」南森滿意地點着頭，「狐怪那晚逃走，也許去了東邊，也許是西邊，但是牠找同夥的意圖不會減弱，牠會回來的，郝普思林地和周邊區域，牠不會放棄的……」

「博士，我有個疑問。」本傑明舉手示意，「狐怪怎麼會知道我們在抓牠的？我們的出現會不會阻止牠回到那個林地？」

「這個疑問……」南森頓了頓，「首先不會有誰向牠通風報信的，牠發現我們並快速設下陷阱，注意，那是真正的臨時設置陷阱，我仔細觀察過烈焰坑，都是剛挖好的，坑旁的土都是新的，有些狐怪會在洞穴周邊放置一些鈴鐺等響器，入侵者不知道就會觸動，引起牠的警覺，但設置烈焰坑完全就是攻擊性的詭計了，狐怪自己也住在巢穴裏，要是在周邊擺上這麼一圈烈焰坑，時間一久自己也可能踩踏上，所以烈焰坑是我們進入林地後匆忙完成的，也就是説我們進入林地後才被牠發現了。」

「真快呀，發現我們到我們趕到就挖了十幾個烈焰

坑，不過牠是狐狸，還是個魔怪，有這個能力，可烈焰坑是怎麼設置的？」派恩插話問。

「可以用咒語設置，可以放置一些魔法火種。」南森說，「設置手法有好幾種。」

「我們怎麼被發現的呢？」本傑明有些着急地問。

「這是一個沒有解開的謎。」南森表情平靜，「狐怪的反偵察能力一定不低，我們也許發出聲音驚動了牠，也許牠設置了什麼預警手段發現了我們，總之就是我們被牠先發現了。牠了解我們的搜索手段，一百年前的魔法師也會使用古老的方法追尋魔怪，基本原理也是尋找魔怪反應，所以牠放了自己的毛髮在巢穴裏，設置好烈焰坑後就躲到一邊看我們的笑話。」

「一定是你驚動了狐怪，在樹林裏還大聲説話。」本傑明突然指責派恩。

「怎麼是我？你的聲音也不小……」派恩立即反擊。

「都不要吵了。」海倫生氣地擺着手，「你們兩個，博士在分析案情呢！」

本傑明和派恩立即閉嘴，只是互相瞪着對方。

「被狐怪發現這件事，可以先放一放，這不算重點。」南森稍等本傑明和派恩平靜之後，説道，「重點是，狐怪會繼續尋找同夥，我們還有機會！」

「那我們就多派魔法師在林地裏埋伏，等着牠來。」本傑明建議道，「或者放幾百個魔怪警報器在樹林裏。」

「這樣牠就真的不來了。」南森説，「牠狡猾得很，要是派出那麼多魔法師埋伏，一定會被牠察覺的，而放置的警報器太多，也增加了被牠察覺的概率，現在牠在暗處，也知道我們在找牠，一定非常小心。」

「那怎麼辦？」本傑明和派恩都着急了。

「博士有辦法呀。」保羅笑着，晃着腦袋插話説。

「我們下午去了魔法師聯合會，根據慣例，被魔法師當場擊斃的魔怪，就不會被送進裝魔瓶消融了，而是會提取毛髮、指甲、血液等存檔，建立起一套詳細的檔案。」南森説着從口袋裏掏出一個塑膠袋，塑膠袋是白色透明的，裏面有一些東西，「被魔法師擊斃的另外三隻狐怪全都被留取毛髮建檔了，更為想不到的是，殺害威瑞斯高祖阿德里恩的那隻狐怪被製成了標本，供後來的魔法師研究，今天下午我們在庫房裏見到了這具標本，牠就是另外那隻毛色灰白的狐狸，但是臉上沒有黑色斑塊。」

「我大概知道該怎麼辦了！」本傑明兩眼放光，看着大家，派恩也一樣。

「那你們説説該怎麼辦？」南森指指本傑明和派恩。

「把這隻狐怪的毛髮放到樹林裏散味，那個狐怪聞到氣味就一定會來的 。」本傑明先説道。

「毛髮下放一個警報器，牠聞到氣味跑來，警報器就會傳資訊給我們。」派恩跟着説。

「對，這樣不用多少警報器，毛髮的散味性很厲害，一撮毛髮散發的味道，狐怪在小半個樹林裏都能聞到，因為牠們嗅覺特別靈敏。」本傑明説着看看派恩，「放三、四撮毛髮就行。」

「對，沒錯。」派恩點着頭説，「哈哈，那天狐怪用身上的毛髮引誘我們，結果靈狐被燒到，這次到我們用毛髮來引牠了。」

「噢，我的看法居然和你一樣。」本傑明揮了揮手臂。

「噢——」派恩揮揮手，隨即兩人都轉過頭去，誰也不看誰。

「我經過推算，在林地的四角各放上一撮死去狐怪的毛髮，只要狐怪還在林地或周圍遊蕩，就一定能聞到這個氣味。」南森說着把那個袋子晃了晃，「把死去狐怪的毛髮在樹皮上用力摩擦，然後安置在樹幹一米五高的位置，毛髮就能散發出強烈的氣味，這種氣味我們聞不到，但是狐怪能聞到，同時，在樹幹上的枝杈上，我們再隱蔽設置一個魔怪警報器，只要狐怪一來，警報器就能在牠距離兩千米的時候發現並向保羅傳輸信號。」

「太好了，博士，你全都想到了。」海倫非常有信心地望着南森，「這下萬無一失了。」

「我們現在就去安裝。」派恩有些激動地站了起來，「說不定晚上就能把牠抓住。」

「這個不能着急。」南森笑着擺擺手，「狐怪昨晚才被我們追趕，而且牠應該也知道我們並未受傷，只是靈狐受傷了，所以牠不可能今晚就來，牠謹慎得很呢，儘管急於找到同夥，但也不會這麼快就來，所以我們明天下午去，一旦安裝好，我們就要堅守在那裏了，不可能回到偵探所裏等警報器傳輸信號。」

「為什麼？」派恩脫口而出。

「你說呢？」海倫有些責怪地看着派恩。

「我説……」派恩看看海倫，言語猶豫了。

「警報器在一千米的距離就能發現魔怪，向我們傳送信號，要是在偵探所，趕過去要四十分鐘，而魔怪很快就能來到樹下，一旦發現沒有同夥，而是同夥身上的毛髮，就全明白了，那時候可真要遠走高飛了。」

「啊，確實是這樣。」派恩恍然大悟。

「所以我們現在不着急去，要把可能發生的事全都推演一遍，還要選好隱藏的地點。」南森的眼睛向窗外看去，「明天下午，我們出發。」

第八章　森林紮營

第二天下午，南森他們帶着大包小包的東西，上了老爺車，隨後就向郝普思林地開去，半個小時後，他們在距離郝普思林地不到一公里的一處建築外停車，那裏已經停了好幾輛車，這裏是倫敦森林管理處的房子，現在已經被警方借用了幾個房間，麥克警長就在裏面，同時，五名倫敦魔法師聯合會派來協助南森的魔法師也都來了。

南森來到後，把大家召集起來，做最後的部署，南森他們帶着帳篷，一會就要住到林地裏去了。

「……目前林地周圍警方都做好部署，並且制止那些想進入林地的人。」南森站在一張大地圖前，那正是郝普思林地的地形圖，「注意這裏，郝普思林地北面有一條公路，如果我們在林地裏探知狐怪前來，那麼也會立即通知警方，到這段公路的兩端攔截一切車輛，不能讓人們進入到危險區域。」

麥克警長點着頭，還在本子上記錄着。

「我們一會就去設置毛髮和警報器，會在林地四角安裝，兩小時內就能完成設置，到時大概是傍晚時分，這個時間段狐怪不會來，牠最可能來的時間會在午夜時分。」南森指着地圖，繼續説，「安置好警報器後，我們將在林地的中心區域紮營，這裏距離狐怪的那個巢穴不到五百米的距離，位於林地中心區域，能兼顧四個安裝了警報器的區域。警報器的探測距離能延伸到林地外兩千米以上，從地圖上我們能發現，郝普思林地的北面和東面不到五百米的地方，又是兩處林地，所以這兩處林地的周邊也處於我們的監控範圍內，狐怪有可能穿越這兩個林地，接近郝普思林地，這對牠來説更安全，同時牠也可能認為同夥也許逃進了這兩塊林地。」

大家都認真地聽着南森的布置，那幾個魔法師還做着記錄。

「……吸引狐怪的氣味源在郝普思林地，牠開始應該只是在林地周邊遊走，找尋同夥，一旦聞到氣味，就會立即前來，所以最終牠會被吸引進郝普思林地，牠進入魔怪警報器搜索範圍後警報器就會發出警告信號，我們立即趕過去，不會等狐怪發現上當才到達。」南森説着看看五個魔法師，「我們的位置在林地中央，如果你們分散在林地四周，距離狐怪可能就很近，有可能暴露，所以你們就待在這裏，發現狐怪後我們立即給你們準確位置，我們前往抓捕，你們趕過去形成一個周邊包圍圈，如果牠漏網，立即截殺。」

南森完成了布置，大家都點着頭，本傑明和派恩摩拳擦掌，很是興奮。

「這次我們有保羅的魔怪預警系統，有魔怪警報器，一定能把魔怪鎖定。」南森説着想起了什麼，「靈狐也會一起出動，我説過的，狐狸找狐狸，成功率很高。」

現場的目光都集中在兩隻靈狐身上，兩隻靈狐此時都恢復過來，只是其中一隻身體還是黑的，牠身上的毛全長出來還要幾個月時間，看到大家的目光看過來，這隻被燒黑的靈狐很不好意思，一直往保羅身子底下鑽，把大家都逗笑了。

布置完畢後，南森他們開始了前期的工作，南森和派恩一組，負責到林地東北角和西北角設置毛髮和警報器，海倫和本傑明一組，負責到林地的東南角和西南角設置。他們進入林地後，用了不到兩個小時的時間，就把毛髮和

警報器都安裝好了，隨後，他們向林地中心位置集合，他們將在那裏設置一處藏身點。

南森他們穿越林地，準確的在預定地點集合，通過觀察，南森選擇在一處低窪地紮營，他們把一個大帳篷架設在低窪地，帳篷的半截露出地面，低窪地的四周都是樹，南森在樹與樹之間拉上掛網，隨後大家開始在掛網上鋪設樹葉，帳篷上也撒了很多落葉，遠遠望去，這裏像是一個落葉堆，看不出有帳篷。他們要把這里弄得很隱蔽，幸好天氣預報顯示未來幾天不會下雨，否則一下雨帳篷裏就灌水了。

幾隻小鳥靜靜地站在遠處的樹梢上，看着南森他們，林地裏很安靜，本傑明沒有發現周圍有什麼動物，來的路上倒是看見了兩隻小鹿。

天漸漸暗了下來，隱蔽布置也完成了。派恩躺在帳篷裏的一張折疊牀上，很是興奮，這次守候伏擊，有點像是露營。

「要是晚上能點起篝火，再燒烤些什麼，那就好了。」派恩幻想着。

「狐怪再過來陪你在篝火邊跳舞，就更好了。」本傑

明在一邊嘲弄地説。

「我只是想一想。」派恩這次倒是沒有爭執，「好長時間沒有露營了。」

「你是不是餓了？」海倫關切地問派恩，「我們帶了兩天的食物，如果還要堅守，白天魔法師會進來給我們送補給品的。」

「噢，要那麼長時間嗎？」派恩説着坐了起來，「最好那傢伙今晚就來，抓到牠以後我們就可以開篝火晚會了。」

「沒那麼容易，我估計牠今晚來的概率不到百分之一。」保羅走到派恩身邊，「這是我最新統計的結果。」

「那你統計一下什麼時候能抓到牠？」派恩問。

「這個不好統計。」保羅搖晃着腦袋，「不過我的統計顯示這次抓狐怪，我要起很大作用，當然，無論抓什麼魔怪，我都會起很大作用……」

「哎，等於沒説。」海倫在一邊插話。

「不一樣，這次我真的要起很大作用。」保羅認真起來，「嗯，這種感覺可真好。」

南森還在帳篷裏仔細地檢查着，一個幽靈雷達安裝在帳篷的頂部，一旦有魔怪接近，雷達被設置成強烈閃光狀態，提醒帳篷裏的人。為了不暴露目標，南森選用的帳篷不大，他們幾個在裏面，有些擠擁。兩隻靈狐在這樣擠擁的空間仍顯得不安分，到處鑽來鑽去的，保羅一直在叫牠倆安靜一些。

外面天已經完全黑了，南森在裏面點亮了一個小的亮光球，由於帳篷的密封性很好，光透射不出去，所以在外面不會看到帳篷這裏有光亮。

大家安靜地擠在帳篷裏吃了在林中隱藏的第一頓晚餐，晚餐後，南森讓保羅升起電腦熒幕，熒幕上顯示出郝普思林地的土地，在林地的四角，有四個亮點，那是四個魔怪警報器的位置。被擊斃的狐怪的毛髮分成了四份，放在這四個警報器的附近，散發着氣味，電腦熒幕上的四個亮點很有規律的一閃一閃的，表明它們處於正常的工作狀態。

「博士，保羅説今晚狐怪不會來的。」派恩湊過去，一起看着電腦熒幕。

「牠也受了驚嚇，今晚來的可能性很小。」南森說，「明天晚上開始，我們要開始多加小心，晚上要輪流值班

等着信號。」

「那我先玩遊戲去了——」派恩説着拿出手機，向自己的折疊牀走去。

海倫此時已經打開一本書，靜靜地看了起來，派恩經過的時候，看了看海倫。

「海倫，看的是什麼書？」派恩問。

「《傲慢與偏見》。」海倫回答道。

「傲慢與偏見？」派恩眨了眨眼睛，「這本書是寫本傑明對我的一貫態度嗎？」

「噢，派恩，拜託你別總玩遊戲，也多看看書。」海倫很是無奈地望着派恩，「這是一本世界名著！」

「噢，世界名著，真好，就是沒聽説過，還是遊戲好玩呀……」派恩説着躺在牀上，抬眼一看，本傑明正看着自己，「噢，本傑明，你還在用傲慢與偏見的眼神看着我？」

本傑明不屑地揮揮手，他走到帳篷口，迅速挑開門簾，走了出去，他想到外面透透氣。本傑明出了帳篷，外面一片黑暗，一絲絲微亮的月光透射到林中，使得周邊的樹林能依稀看到。帳篷外的空氣很好，本傑明做了一個深呼吸，向外面走了幾步。

忽然，不遠處的草叢一動，一個影子一晃。

「誰——」本傑明小聲地問，同時做好了攻擊準備。

那個影子一躥一躥地跳着走了，看上去是一隻兔子，本傑明懸着的心放下了，這個林地裏的小動物還是不少的。

他在帳篷外轉了轉，這裏除了樹就是樹，實在沒什麼看的。本傑明轉身回到了帳篷，進去以後，海倫依舊在看書，派恩在玩手機遊戲，保羅和兩隻靈狐趴在那裏，嘴裏「吱吱」地説話，保羅能模仿狐狸的聲音，也能大概聽懂靈狐間的語言，這也是兩隻靈狐喜歡纏着保羅的原因。

「外面有什麼情況？」南森也在看書，看到本傑明進來，把書放下問。

「黑壓壓的，沒什麼。」本傑明説，「就是

好像有隻兔子跑過去了，這樹林裏的動物可真不少，下午我們不是還遇到小鹿了嗎？」

「是的，這説明一個問題。」南森不失時機地説，「倫敦周邊的猛獸基本很少了，所以這些林地中的小動物很多，如果狐怪本身一直住在這片林地裏，那這片林地裏的小動物會很少，因為狐怪要捕捉小動物食用的。所以一切都在我們的推斷和掌控中，狐怪確實是從裝魔瓶裏逃走的，剛來這裏沒兩天，還來不及大規模捕殺小動物呢。」

「狐怪會不會知道這些，看到這裏的小動物很多，對自己同伴是否還在這裏產生懷疑呢？」本傑明問道。

「這個問題很好。」南森説，「牠要是再多呆幾天，大概能發現這點，但牠才來了一兩天就被我們追趕，逃出了這片林地，還來不及有這樣的發現呢。」

本傑明點點頭，南森善於從小處着手，發現一些關鍵性的問題，這正是他高明之處。

這一晚就這樣過去了，一切風平浪靜。第二天，本傑明醒來的時候，只有保羅在帳篷裏，南森他們都出去了。

本傑明揉着眼睛，也來到帳篷外，外面倒是一片祥和的氣氛，南森指導派恩練習魔法，海倫和保羅指揮兩隻靈狐爬樹，遠方的枝頭上，小鳥歡樂地唱着歌。

「博士，你們起得真早。」本傑明向南森走去。

「本傑明，我都想住在這個林子裏了，空氣多好呀。」派恩的心情看起來不錯，和本傑明打着招呼。

「今晚開始，氣氛可能緊張了。」南森略微一笑，「急於找到同夥的狐怪隨時可能會來。」

「我們都準備好了。」派恩説着揮了揮拳頭。

第九章　不是系統故障

這時大家都很悠閒，狐怪這種魔怪晝伏夜出，白天不用擔心牠出沒，所以海倫和本傑明還外出近一公里去採摘漿果，南森和麥克通了話，外面的情況一切正常，警員繼續封鎖着郝普思林地，聯合會的魔法師們都堅守在那所房子裏。

夜幕再次降臨，天剛一黑，派恩第一個就緊張起來，好像那個狐怪馬上就要來了一樣，他一會站起來看看幽靈雷達，一會詢問保羅有了什麼發現，本傑明都煩了，說了他好幾次。海倫算是比較平靜，她一直在看那本《傲慢與偏見》。

臨近午夜時分，南森安排了值班時間，儘管保羅能全天候當值，但是這個關鍵時刻，有一名魔法師值班，更加能夠保證第一時間發現情況，並作出最快的反應，千萬不能讓狐怪先到達放置毛髮的地方發現上當。

本傑明第一個值班，隨後是海倫、南森，至於那個派恩，年紀最小，南森叫他多睡一會，不用值班。隨後，大家都睡下，本傑明手裏一直拿着幽靈雷達，半躺在自己的折疊牀上，保羅就在他身邊，後背上升起了電腦熒幕，四個亮點在那裏有節奏地閃爍着，狐怪靠近任何一個設置點，那裏的亮點就會變成紅色並急促閃爍。看到保羅處於工作狀態，兩隻靈狐很懂事地趴到南森的牀鋪下，互相依偎着睡了。

本傑明不是很緊張，他堅守在那裏，不時地向熒幕那裏看，保羅一直趴在那裏，這種等待是非常枯燥的，不知不覺，已近凌晨一點了，再過一會就要叫醒海倫值班了。

忽然，電腦熒幕上林地西北角的那個亮點轉成紅色，並且頻閃了兩下，本傑明立即湊過去，與此同時，保羅也站了起來，本傑明剛想大喊，紅色的亮點便轉回白色，一切都恢復了正常。

本傑明沒喊出來，但是一直張大着嘴巴，他的眼睛死死地盯着電腦熒幕，四個亮點都是正常的，本傑明連忙看看手裏的幽靈雷達，雷達上也沒任何反應，再看看兩隻靈狐，牠倆一直睡着，沒見起來。

「保羅，剛才有個魔怪反應？」本傑明小聲問，情況

不明，他也不想打擾大家。

「對，我剛才接到了魔怪警報器發來的信號，但是就那麼一下，馬上就沒有了。」保羅説，「我遙控魔怪警報器使用加強信號搜索，沒有發現任何魔怪反應。」

「那是你的系統問題？」本傑明問。

「偶爾有系統故障，這個也很難説。」保羅搖着頭説，「現在我遙控魔怪警報器一直用加強信號在搜索呢，非常耗費能量，但確實沒發現什麼。」

「那就好，那就好。」本傑明放下了心，確認沒有魔怪，把大家叫起來只會增加緊張氣氛，弄得大家身心疲憊。

本傑明多值守了半個小時，看到一切正常，這才叫醒海倫值班，他還特別關注剛才有過極短暫的魔怪反應信號，有可能是系統故障，隨後才睡去。

第二天早上，本傑明醒來，看來一夜又無事，不過他看到南森並未出去，而是在那裏看着電腦熒幕，保羅一直趴在那裏。

「博士，昨晚……」本傑明起來就向南森彙報。

「知道了。」南森擺擺手，「不會是系統故障。」

「啊？」本傑明愣在了那裏。

「應該就是真的狐怪前來……」南森平靜地説。

「什麼？可我沒叫醒大家……」本傑明頓時着急了。

「叫醒也沒用。」南森立即寬慰他説，「我們醒了，信號也消失了，牠在哪裏還是不知道。狐怪很謹慎，牠試探性地接近了一下，可能感覺不對或是膽子小，馬上又離開了。我想，狐怪並沒有聞到同夥的毛髮氣味，否則牠會不顧一切地衝過來的，牠只是靠近林地，信心不足就走了。」

「噢，那就好。」本傑明總算鬆了一口氣，他想到了什麼，「博士，你説狐怪沒有聞到那個氣味嗎？」

「從亮點變紅後立即變回白色的情況看，牠在警報器有效搜索範圍的邊緣區域，也就是説距離氣味源兩千米以上，如果再近一些，牠就能聞到了。」

「這樣説，牠還要更加深入林地才能聞到那個味道。」本傑明點點頭，「那看來不是系統故障了，海倫和你值班的時候沒有什麼異常吧？」

「保羅的系統發生故障的概率極低，所以提示亮點短暫變化的原因不會是故障。」南森搖着頭説，他想了想什麼，「我和海倫值班的時候，一切正常……無論如何，今晚牠來的概率大大提高了，我們要做好一切準備。」

「昨晚是試探接近？」本傑明抓抓頭髮，若有所思地説，「狐怪要來了……」

這天晚上，大家似乎都感到將要發生什麼，根據昨晚電腦熒幕發生異常的時間，南森決定午夜親自值班。他這樣一説，海倫和本傑明都表示要一起值班，派恩乾脆説要去西北角那裏等着，南森看看氣氛略有浮躁，便叫大家安靜下來。

「……我們自己不能亂了方寸。」南森雙手向下擺了兩下，他先看看派恩，「派恩，沒必去西北角那裏守着，萬一這次狐怪出現在西南角呢？」

「這個……」派恩想了想，然後點點頭，「我有點着急了。」

「我們就在這裏，任何設置點有情況，我們都能及時趕過去。」南森説道，「千萬不要亂，我們面對的狐怪很狡猾，而且一定會非常謹慎，所以情況會比較複雜，我們就在這裏，隨機應變，只要牠肯過來，那我們就有機會，距離牠太近，反倒容易驚動了牠。」

「博士，一切都按計劃進行。」海倫堅定地看着南森，點點頭。

「牠可一定要來呀，一定要來呀。」派恩明顯還是有些沉不住氣，他一直坐立不安的。

時間一分一分地過去，很快，午夜十二點來臨，南森叫派恩和本傑明先去休息，兩人哪裏睡得着呀，一開始本傑明還算沉得住氣，十二點一到，他也開始坐臥不寧了。

「……保羅，沒有什麼異常吧？」帳篷太小，派恩不能隨意走動，他坐在自己的牀邊，問道。

「沒有。」保羅搖搖頭，「這是第十五遍回答。」

「這魔怪警報器不會出故障吧？」派恩還是不太放

心，「這電子裝備呀，有時候就是會出故障……保羅，你的嗅覺靈敏，你能聞到狐怪的味道吧？」

「首先，我就是電子裝備，我聞狐怪的味道也是用我的電子鼻。」保羅糾正地說。

「噢，對了，我都忘了，你是電子狗。」派恩連忙說。

「其次，我現在能聞到的是靈狐的味道，不是狐怪味道。」保羅繼續說。

「小狐狸的味道我也能聞到些。」派恩一直管靈狐叫「小狐狸」，兩隻靈狐看到南森他們都在等待着什麼，也都沒有睡覺，而是在南森腳邊轉來轉去的。

「派恩……」南森忽然想起什麼一樣，他看着派恩，「『小狐狸』的味道你也能聞到？」

「當然，大家都能。」派恩疑惑地看着南森。

「哎呀，我可能有失誤。」南森皺着眉，叫了出來。

大家都吃驚地看着南森，南森則擺了擺手。

「靈狐能通過味道找那隻狐怪，狐怪也能聞到靈狐的味道呀。和魔法師在一起的靈狐味道，和狐怪的明顯不一樣，牠們一聞就能發覺是靈狐，也知道靈狐出現必定跟着魔法師，所以……」南森頓了頓，「那天狐怪發現我們，也可能是先聞到靈狐的味道了，牠們之間其實都對對方氣味敏感，也都聞到了對方的味道，靈狐回來報告，狐怪緊急設置烈焰坑。」

「真有這種可能。」海倫用力點着頭，此時她早就不看那本書了，但是表現得比本傑明和派恩要沉穩很多。

「我還是把靈狐先收起來，好在現在有魔怪警報器監視，等到和狐怪交手，再請出靈狐助戰。」

説着，南森一伸手，唸了一句魔法口訣，兩隻靈狐一先一後跳到南森身上，繞着他的胳膊一轉，全都不見了，牠倆已經被南森收了起來。

「還好派恩問了保羅那句話，否則狐怪出現，我們帶着靈狐過去，牠們之間相互發現，狐怪就會逃跑。」南森心有餘悸地説，「靈狐倒是能立即追趕，但是抓捕失敗的概率就大了，一定要形成一個包圍圈再抓牠。」

「我一直是這樣的，我的每句話都很關鍵。」派恩顯得非常得意，「關鍵到我都不知道哪句話最關鍵。」

「本傑明以前也有過你這種感覺，當然現在應該也有。」海倫對派恩説，隨後轉頭看着南森，一臉的敬佩，「博士，你真是謹慎。」

外面的林地裏，傳來窸窸窣窣的聲音，也許是哪隻路過的小動物發出的，天空中，高掛的月亮仍然很是珍惜地向林中撒進少許的亮光。

「有什麼動物在帳篷外活動呢？」本傑明仔細地聽着外面，「不會是狐怪吧？」

「魔怪警報器沒有發出警報，幽靈雷達也沒反應，這麼近的距離，哪裏來的狐怪？」派恩説，「你比我還緊張……」

「警報器發出警告信號了。」保羅突然説，「亮點頻閃了。」

保羅的話嚇得派恩和本傑明站了起來，南森急忙向電腦熒幕看去，和昨天的位置不一樣，這次是林地東北角的亮點轉成紅色並且快速頻閃，説明有魔怪接近那裏了。

「我們出發……」南森立即説，本傑明第一個就要衝出帳篷外。

「博士，等一下，恢復正常了。」保羅本想收起電腦熒幕一起跟出去，但是亮點一下又變成白色，頻閃也消失了。

南森急忙向熒幕看去，果然，東北角的亮點恢復了常態。這次會不會是系統故障？南森有些疑惑地看着那熒幕，小助手們也走到電腦熒幕前。電腦熒幕上的白色亮點有節奏的跳動着，就像什麼都沒有發生過一樣。

「又是虛驚一場？」派恩說。

「又動了。」海倫指着電腦熒幕說。

第十章　鋼爪尾錘

果然，東北角的那個亮點再次變紅並頻閃，大家這次沒有急着向外走，一直盯着那個亮點，這次亮點持續的時間有十幾秒，隨後再次消失。

「我明白了。」南森說着站了起來，「牠這是猶豫要不要進入林地呢，昨天牠猶豫了一下就走了，現在牠就在林地邊緣區域，試探着進來，絕不是系統故障。」

「這次時間長，警報器測出了一些資料。」保羅說，「狐狸外形，魔法指數中等以上，在林地邊緣遊蕩……」

「牠很可能進入林地。」南森說着揮揮手，「我們現在就趕過去！」

「又出現了。」保羅叫了起來，「變成紅點了……」

「收起熒幕，繼續監視，我們走。」南森下令。

本傑明第一個出了帳篷，一隻在帳篷旁不足十米的小鹿看到有人走了出來，嚇得立即就跑。本傑明出去之後，沒有急着向東北角那邊跑，而是看看隨後出來的南森他們。

南森出了帳篷，向前走了兩步，隨後站定，幾個小助手都站在他的身邊，看着郝普思林地的東北角方向，南森抱起保羅。

「急走——快走——」南森和小助手們一起唸出了魔法口訣。

「嗖——」的一下，南森和小助手們轉瞬間就消失了，他們的行走快如風，比日常的快跑速度都提高了十倍不止，不到一分鐘他們就來到了林地東北角，他們在距離設置警報器的那棵樹前十米的距離停下，就像是從空氣中冒出來的一樣。

停下之後，他們來到了那棵樹下，警報器被很巧妙地隱藏在樹枝上，那一撮狐狸的毛髮放在一個滿身是洞的布包裏，貼在樹幹上，布包顏色也是淡綠色的，不仔細看看不出來。

南森他們趕在狐怪到達前來到了樹下，其實保羅一直在接收系統提示，他們來的路上，狐怪又進入了警報系統有效搜索範圍內一次，隨後又退出搜索範圍外，狐怪一直在猶豫，目前看沒有進入林地的那種堅決意圖。

「牠又不見了，我要鎖定牠的位置。」保羅説着用魔怪預警系統直接搜索狐怪的位置，但是距離遠，樹林有遮罩，所以沒有發現什麼。

南森看着保羅再次升起的電腦熒幕，半分鐘後，提示亮點再次變成紅色，這次持續的時間不到二十秒，隨後狐怪再次消失在熒幕上。保羅説牠大致鎖定了狐怪的位置，建議包抄過去，南森則説這樣移動過去很可能驚動本來就小心萬分的狐怪。

熒幕上，紅色亮點再次閃爍，這次一直在持續。

「牠走得很慢呀。」保羅小聲地説，「距離我們不到兩千米，這次牠好像向樹林裏走了……」

「大家準備——」南森立即做出布置，「再近一些牠就能聞到氣味了，一定會快速向這邊接近，我們以這棵樹為目標，後退五十米形成包圍圈。海倫，你把守的東北方向是牠進入包圍圈的方向，用幽靈雷達探測牠，給牠留出進入的通道，不要離牠太近。」

「是，博士。」海倫立即説。

「老伙計，你跟着我，追妖導彈隨時準備發射……」南森低頭看看保羅。

「可是博士——」保羅叫了起來，「牠轉向了，牠走了，牠向樹林外走了……」

不知什麼原因，狐怪本來已經深入林地一百多米了，雖然很小心，但是一直向林地裏走，但此時牠忽然轉向返回了。

「這……」南森愣了一下，狐怪再次離開，還會再來嗎？南森皺起了眉頭。

「不能等了——」保羅突然向前幾步，對着北邊，張開了嘴，「哇——啊——」

保羅在模仿狐狸的叫聲，他能模仿很多動物的叫聲，而且絲毫不差。保羅發出的狐狸叫聲時斷時續，但是聲音非常大。

南森以讚賞的眼神看着保羅，他在為大家爭取更大的主動，只要再把狐怪吸引得靠近一些，聞到同夥的味道後，狐怪一定前來。

「哇——啊——哇——」保羅繼續斷斷續續地叫着，一分鐘後，保羅停止了叫聲，轉身回來，有些緊張地看着南森，「牠來了，好像聞到氣味了，正在向這邊跑來。」

「老伙計，好樣的。」南森用力對保羅點點頭，隨後看看海倫他們，「我們散開——」

小助手們立即按照早已經布置好的抓捕方案散開，並形成了一個包圍圈。南森帶着保羅退出了五十多米，一邊退着一邊用對講機聯繫麥克警長和魔法師，那邊一直也是嚴陣以待，警方將火速封鎖林地北面的公路，魔法師們也急速向這邊趕來，形成一個更大的包圍圈。

海倫用幽靈雷達探測到那個狐怪正在向自己這邊移動，她立即進行了規避，保持自己不在魔怪的行進道路上，很快，海倫測到狐怪在自己身邊三十多米的地方進入了包圍圈，海倫躲在一個灌木叢後，狐怪並沒發現她。

這是一隻一身白毛的狐怪，牠的體型中等，眼神兇惡，身上的毛抖動起來，在銀色的月光下有些泛亮，牠抬着頭，努力地向那棵樹跑去，牠不知道已經進入了包圍圈。

「哇啊——哇啊——」狐怪叫了兩聲，那聲音很是急促，似乎在向同伴打招呼，牠急於見到同伴。

南森藏身的地方前方樹木不多，基本上算是開闊地，他看見狐怪向那棵樹跑去。狐怪越過一株灌木，跳到了樹下，沒有任何同伴，牠又叫了兩聲，抬頭看到了氣味源，牠確信味道就是從樹幹上的那個布包裹發出來的，很是驚異。

「靈狐助戰。」南森小聲地唸了魔法口訣，同時舉起了手。

兩隻靈狐從他的手臂上迅速跳到地面上，看着不遠處的狐怪，想衝上去撲咬，南森拉住了兩隻靈狐。

狐怪驚異的時候，忽然聞到了靈狐的味道，牠更加吃驚，同時開始慌亂。「嗖——」的一聲，一枚凝固氣流彈從樹叢後劃了一道拋物線射了過來，落在狐怪腳邊，「轟——」的一聲爆炸了——本傑明率先展開了攻擊。

狐怪被爆炸的氣浪猛推向那棵樹，重重地撞在了樹幹上，牠慌忙站了起來，隨即向西跑去，牠完全明白，自己中了埋伏。狐怪跑出去十多米，牠的正面，派恩從樹後閃了出來，隨手就向狐怪射出一枚凝固氣流彈，狐怪連忙卧倒躲避，氣流彈爆炸之後，狐怪轉身就向回跑，剛跑兩步，南森衝了過來，保羅和兩隻靈狐緊緊地跟着南森。

「啊——啊——」狐怪知道自己被包圍了，這次牠也不逃跑了，牠唸了一句魔咒，身體突然增大了三倍，站立起來比南森還要高。

南森可不管狐怪使用什麼招數，他揮拳就打過去，狐怪連忙閃身，躲過南森那一拳後，牠揮着前爪猛地拍向了南森，牠此時的前爪又大又厚，拍過來還帶着一股風聲。

南森感覺到了風聲，連忙躲閃，狐怪的指尖幾乎劃到了南森的後背，南森閃開後後退一步，想要繼續展開攻擊，這時，海倫衝了過來，飛起一腳踢在狐怪的腰部，狐怪沒有防備，慘叫一聲倒地，隨即在地上一滾，站了起來。

狐怪剛站起來，本傑明和派恩一左一右趕到，各出一拳，狐怪躲過了本傑明的拳頭，但是被派恩結結實實地砸中了腦袋，狐怪捂着頭倒退幾步，此時，兩隻靈狐和保羅圍在周邊，想衝上去咬狐怪，但是都沒機會，海倫他們把狐怪團團圍住，狐怪明顯招架不住了。

狐怪被魔法師們步步緊逼，牠邊打邊退，狡猾地靠在一棵樹前和魔法師交手，這樣牠就不用防備來自身後的攻擊了。狐怪被圍在樹前，海倫連出幾拳，砸在狐怪身上，牠仰仗着高大的身材，拚命抵抗着。狐怪直立着身子交戰，小助手們的高度不到牠的胸口位置，只能輪番跳起來和牠對打，南森站在小助手身後，也幾乎沒有機會出手。

林地裏「劈劈啪啪」的打鬥聲很大，他們周邊一百米處，魔法師已經及時趕到，又形成了另一層包圍圈，當然，狐怪不知道這些，牠拚死抵抗着，想找機會突圍出去，但是被海倫他們圍得太死，根本衝不出去。此時牠遭到了連續的打擊，但是都不是致命的，雖然很痛但是能堅持住，牠不停地觀察着，想着突圍的機會。

「啊——」派恩揮着拳猛打過來，狐怪連忙閃身，派恩一拳砸在樹幹上，痛得大叫起來。

狐怪順勢把派恩一推，派恩被推倒在地，本傑明一腳飛踢過來，狐怪用雙爪接住本傑明的腳，隨後用力一抬，本傑明在空中翻個跟頭，落地後倒退了好幾步，幾乎沒有站穩。

逃跑的空間出現了，此時的狐怪側方只有海倫一個，牠假意攻擊海倫，虛晃一拳，隨後縱身一躍，跳出了包圍圈，向林地北面跑去，但是剛跑兩步，南森飛身落在狐怪面前，他早就料定狐怪會逃跑。

狐怪看到被最厲害的南森截住，連忙站起來，牠怒視着南森，南森一拳打過來，狐怪連忙一閃，牠猛地倒退兩步。

「散——」狐怪大喊一聲魔咒，隨即身子開始抖動了幾下，牠身體上的毛髮下，一股股淡淡的白色氣霧噴了出來，隨即，牠周圍二、三十平方米範圍內，出現了極其刺鼻的味道，這味道又酸又臭，直鑽人的心肺。

「哇——化學武器呀——」派恩本來追趕上來，聞到這個氣味，連忙捂着鼻子後退幾步。

酸臭刺鼻的味道迅速瀰漫散開，本傑明差點被這個味道熏倒，他捂着鼻子後退着，南森和海倫也後退着。狐怪看到這個情況，很是滿意自己釋放的逃命毒氣，牠得意地笑笑，轉身就跑。

「嗖——嗖——」，三個影子一閃，飛身撲到狐怪面前，他們正是保羅和兩隻靈狐，靈狐本身就是狐狸，根本不怕這種氣味，保羅是機器狗，也不怕這種味道。他們迎面攔住了狐怪，身體被燒黑的靈狐飛身竄到狐怪身上，對着牠的身體就猛咬一口。

「啊——」狐怪大叫一聲，身體用力一甩，那隻靈狐被甩出去很遠，撞在一棵樹上隨後掉在地上，靈狐想爬起來，但是身體很痛，一時爬不起來。

另外一隻靈狐飛身跳到狐怪的後背上，牠的雙爪死死地扒着狐怪的肩膀，狐怪用前爪去拍靈狐，但是向自己身後拍擊，用不上力，也打不到靈狐，靈狐對着狐怪的後肩膀狠咬一口，狐怪的血都被咬出來了，牠大叫着，用力甩靈狐，但是靈狐死死地扒着狐怪，就是甩不下來。

狐怪正在努力擺脱靈狐，突然腳下一陣疼痛，保羅抱住了狐怪的腿，猛咬一口，狐怪用力拍擊保羅，被保羅靈活地閃開，這時狐怪身後又是一陣疼痛，靈狐又咬了牠一口。

狐怪被靈狐和保羅纏住，根本就沒法逃跑，牠靈機一動，身體突然後仰，重重地倒了下去，想把後背上的靈狐砸在地上。靈狐很聰明，眼看快要被砸中，鬆開雙爪跳到了一邊，狐怪倒地後就地一滾，隨後站了起來，靈狐和保羅則俯着身子一起衝上來，想跳到狐怪身上繼續攻擊。

「嘿——」的一聲大喊，沒等保羅和靈狐攻擊，南森大喊一聲，飛過來一腳踢在狐怪身上，狐怪倒地後拚力站了起來，看到南森，牠愣住了——南森的臉上戴着一個怪怪的東西。

原來，就在狐怪被靈狐和保羅纏住的時候，南森他們各自從身上拿出一個簡易的防毒面具戴上，這是他們早就準備好的，專門對付狐怪的，因為南森在調閱當年抓捕狐怪的檔案時發現，狐怪都有這種釋放毒臭氣體幫助自己脱身的招數，而且經常得手，當年的魔法師沒有防毒面具，一般用魔法面罩阻隔毒氣，但是這樣很耗費魔力，而使用

防毒面具則簡單易行。

狐怪沒見過防毒面具，看着南森這個模樣，還以為南森用了什麼魔法，而且南森此時卻不再怕那仍舊在現場瀰散的氣味。海倫他們也戴着防毒面具衝了過來，魔怪很是絕望了。

儘管不知道南森他們為何變成這樣，並且不再怕毒氣，狐怪還是想要逃走，牠轉頭縱身一躍，但是被海倫攔住，海倫飛起一腳就踢向狐怪，狐怪打了半天，此時已經有些吃力了，牠沒有躲開，被海倫重重踢中，翻倒在一邊。

南森帶着大家衝上來，圍着狐怪就打，一點也不給牠喘息的機會，保羅和靈狐退到了外線，大叫着給南森他們助威。狐怪又被重擊幾下，南森他們想抓活的，並沒有使用特別致命的招數。海倫數次掏出綑妖繩，想把狐怪綑住，不過狐怪拚死抵抗，牠大叫着，雙爪揮動着，在地上連滾幾下，倒退到一棵大樹前，只有這樣才能避開來自後方的攻擊，否則四面受敵。

海倫繞到狐怪的身後，努力不讓牠看到自己，準備拋出綑妖繩綑住已經開始氣喘吁吁的狐怪，狐怪已經被逼到了絕路，本來牠沒有發現海倫，派恩過去一拳砸在牠頭上，牠頭一偏，正好發現海倫要綑自己。

「啊——」狐怪狂吼一聲，使出了最後的魔招，「鋼爪尾錘——」

「咔——咔——」，兩聲過後，狐怪的兩隻手爪的指尖突然變長，足足有二十多厘米，變成了鋼鐵屬性的利器，在月光下閃着亮光，同時，牠的尾巴變得很硬很重一般，垂到了地上，看上去像是一個圓圓的鐵棒。

狐怪喘着氣，看得出來，這種變化耗費了牠不少魔力。本傑明吶喊一聲，衝了上去，這次狐怪沒有躲避，迎面撲來，本傑明還沒出拳，狐怪利爪狠狠地掃過來。本傑明看到了寒光，不敢伸手對掌，連忙一閃，但是狐怪的指尖掃中了本傑明的胳膊，他大叫一聲，胳膊上頓時出現了幾條深深的傷口，他慌忙退到一邊。

海倫從側後方撲向狐怪，還沒有接近，狐怪那沉重的尾巴像鞭子一樣掃來，海倫不認為一條尾巴有多大威力，她一腳踢上去，「咔——」的一聲，海倫慘叫着倒在地上，她的腳就像是斷了一樣，狐怪的尾巴就像鐵錘一樣，威力極大。

狐怪看到自己的招數湊效，很是興奮，也顧不得疲憊，牠站立起來，揮着前爪就向前衝，南森倒退着，這時，派恩撿了一根粗樹枝，狠狠地砸向狐怪，狐怪用手一擋，樹枝當即折斷。南森穩定了一下，唸了一句口訣，他的雙手變成又粗又長的鋼鐵臂膀，他揮動着雙臂阻攔狐怪，狐怪一轉身，用尾巴迎擊，「咣——」的一聲，鋼鐵臂膀撞在那條尾巴上，頓時火花四射。

海倫掙扎着站起來，強忍着腳上的劇痛，看到南森在撞擊後被震得倒退幾步，海倫也不敢再次上前硬碰，而是向狐怪射出了一枚凝固氣流彈，氣流彈在狐怪身邊爆炸，但是牠只是被氣浪推得倒退幾步，在爆炸後的白煙中站穩了腳跟，繼續揮着前爪，想要突圍出去。

那邊，本傑明用急救水處理着傷口，派恩到處找樹枝，砸向狐怪，南森大聲提醒着小助手們不能用拳腳和狐怪硬碰，他用鋼鐵雙臂阻攔者狐怪，狐怪或用前爪，或用那重重的尾巴砸向南森，步步進逼，南森一時只有招架之力。

海倫和派恩在狐怪左右，海倫此時撿起地上的石塊砸向狐怪，但沒什麼作用，保羅和靈狐跳到南森面前，試圖

衝上去撕咬狐怪身體上那些柔軟的部分，狐怪看出牠們的意圖，揮動着雙爪，阻止着保羅和靈狐，狐怪其實很不想靈狐撲到身上撕咬。

第十一章　黑影

南森被狐怪逼着倒退了幾十米，他想着如何阻攔住狐怪，實在不行只能採取殺招，但是他總想抓活的，而且此刻狐怪的招數也很厲害，殺招都難保一定能擊斃狐怪。正在這時，暗夜中一個黑影從側面突然跳到了狐怪身上，站在狐怪身邊的海倫都沒看見那是什麼，因為黑影和夜晚顏色一致，海倫只能通過感覺風聲發現有什麼跳到了狐怪身上。而狐怪能借助月光看到白色的靈狐和白色的保羅，無法發現那個黑影。

「啊——」狐怪突然慘叫一聲，那個黑影鑽到狐怪的腋下，對着狐怪狠咬一口。

黑影隨即又是一口，咬在狐怪另一隻前爪的腋下，狐怪兩隻手爪的腋下受傷，手臂都抬不起來了。機會難得，南森飛身上前，揮起手臂重重地砸在狐怪的前爪上，本來狐怪的前爪就抬不起來，又被狠狠砸中，牠慘叫着倒退幾步，這時，牠的脖子又被狠咬一口。

「嗨——」海倫和派恩看到狐怪自顧不暇，各自飛出一腳，踢在狐怪身上，狐怪這次被踢倒在地。本傑明已經處理好傷口，衝上來對着想要爬起來的狐怪又是一腳。此時，狐怪的後背又被狠咬一口。

狐怪倒在地上，牠本來佔上風的進攻被突然跳出來的那個無法看清的黑影打破了，南森上來用雙臂死死地壓住了狐怪，耗費了大量魔力的牠終於動彈不得，只是在那裏喘着粗氣。

海倫拋出一根綑妖繩，把狐怪的兩個前爪綑在了一起，隨後又拋出一根，綑住了狐怪的兩條後腿。

那個黑影從狐怪身子上跳下來，大家湊近仔細一看，正是被燒黑的那隻靈狐，剛才牠撞在樹上，好不容易才爬起來，看到狐怪想要突圍。牠一身黑色，借着黑夜的掩護，隱蔽地跳到了狐怪身上，而且牠是靈狐，知道此時最應該攻擊狐怪的哪個部位，腋下被牠咬傷的狐怪根本就抬不起手臂來。

「非常好。」南森蹲下身子，摸了摸那隻靈狐的頭，他非常清楚靈狐這次巧妙的攻擊對抓住狐怪起了極大作用，看看靈狐沒有受傷，南森放心多了。

狐怪躺在那裏，喘着氣，牠被重擊，魔力也消耗掉很多，前爪上的鋼鐵指尖消失，恢復正常，尾巴也軟下來，垂在地上，體形也恢復到了原來的大小。牠的手腳都被綑着，索性也不掙扎了。

南森和小助手們已經摘下了防毒面具，他用對講機通知了周邊的魔法師和麥克警長，狐怪已經被抓獲，警戒可以解除了。

海倫他們都圍在狐怪身邊，很多問題要詢問狐怪後才能徹底解開，南森走到狐怪身邊，狐怪閉着眼，誰也不看，只是在那裏喘着粗氣。

「你叫什麼？」南森蹲下身子，簡單地問。

狐怪沒有睜開眼，就像是沒有聽到南森的問話，一句話也不說。

「我知道，你會說話的，因為你是一隻很有魔力的魔怪。」南森微微一笑，「我還知道，你到這個林地來幹什麼的，你是來找你以前的同伴，三個同伴。」

聽到這句話，狐怪渾身一顫，像是受到了觸動，牠不那麼劇烈地喘着氣了，耳朵豎着，等着南森下面的話。

「你我都有想要知道的東西，對吧？」南森直接說道，「你不回答我的問題，不代表我就不了解你的過去，能把你引進這個包圍圈，就說明我們很了解你，而且，你一定也想知道那三個同伴的下落……」

「我叫寇里。」狐怪突然說道。

南森看到狐怪寇里開始回答問題，樣子也開始變得配合，滿意地點點頭。

「我要知道牠們在哪裏？是不是……死了。」寇里繼續說。

「我可以先告訴你。」南森平穩地說，「其實你被抓進裝魔瓶後的第三天，牠們就被擊斃了，把你吸引到林地的狐怪氣味，是來自其中一隻狐怪留下的毛髮樣本。」

「在哪裏被殺的？這裏嗎？還是逃亡路上？」狐怪急促地問。

「就在這個區域，牠們沒有離開這裏。」

「真是蠢呀，為什麼不快點走？」狐怪責罵起來。

「也許是……等着你回來，或是還想救你？或者是這片區域已經被包圍了，據我所知，當時這裏確實被團團包圍了。」南森說道。

「牠們一定是想着救我，今天聞到的這個氣味，就是我哥哥的味道。」狐怪咬着牙說，「而且我知道，把我裝進裝魔瓶的魔法師一定突然死了，否則再投放一次消融魔藥我就不存在了，他一定是被我哥哥殺死的。」

大家聽到這話，都互相看着，狐怪果然狡猾，判斷的結果和事實一致。

「你的判斷……」南森站了起來，點着頭，「我們也不瞞你，你判斷得沒錯，抓住你的魔法師遭到了你哥哥牠們的突襲，傷重死去，你哥哥牠們隨即被衝上來的其他魔法師擊斃。」

狐怪繼續咬着牙，前爪被綑着，但是指尖深深地扎進到泥土裏。

「寇里，我沒有向你隱瞞什麼，所以希望你也別瞞着我，我有一些問題。」南森的語氣變得很冷，「你已經被抓住了，同夥也早就死了，問你這些問題只是因為我很在乎細節。」

「你快說。」寇里不耐煩地說道。

「你是怎麼變成狐怪的？」

「父母都是，我和哥哥也就是了。」寇里飛快地說。

「你被裝進裝魔瓶後，魔法師投了兩次消融魔藥，這對你的身體損傷大嗎？」

「我都基本被融化了，但是沒有再投入魔藥，過了大概五十多年時間，我才一點點地恢復過來，只是被壓縮在瓶子裏，不過因為被壓縮成很小，我不需要進食也能活在裏面。」

「你的魔力只是中等偏上，但是被裝進裝魔瓶後這麼難被消融，因為什麼？你吃過特別的魔藥嗎？或是掌握了什麼特別的魔法，裝進去後開始施展。」

「小時候父母給我和哥哥吃了一種魔藥，名字不記得了，只知道能抗擊魔法師的咒語攻擊，被抓進裝魔瓶也不會馬上被消融。」

「明白了。」南森點點頭，「剛才你說，你在五十多年後恢復過來，那麼你在裝魔瓶裏就一直等機會出去了？」

「是，不過即使恢復過來，我也出不去，只能待在紙箱裏，等待着有一天紙箱被打開，那我就有機會了。」

「你說的這個機會就是用魔法在瓶身顯示解除魔咒？」南森問，「這個計劃是你早就想好的？」

「對，我恢復過來後就想到這招了。」寇里的話語

中有些得意了，「過了這麼多年，我知道自己被遺忘了，我也知道我是在抓到我的那個魔法師家裏，日後打開紙箱的，只要不是魔法師，我就能用這個辦法出去，我自己唸解除咒沒用的，而人們都有好奇心，只要看到我反寫在瓶壁上的字，此時他們無論是大聲唸出來還是默唸，都等於唸出解除咒，我就能出來了，我果然出來了。」

「你這個魔字的手段……不得不說，非常狡猾。」南森有些感慨地說，「這點我承認……你出來後，沒有殺害那個年輕人，原因是……」

「我不想把事情弄大，直接殺人，會把魔法師引來的，我就猛推他一下，他就倒地摔暈了。」寇里說，「我知道他不會死，就把他的記憶抹去了一段，醒來後他再也想不起見過我，然後我就走了，我還急着去找我哥哥牠們，當時我覺得牠們可能都活着，這麼多年了，只要活着，就可能在郝普思林地，那是我們長大的地方。」

「你為什麼砸了音響？」南森忽然問。

「音響？」寇里愣了一下，「你說那個唱難聽歌的箱子嗎？我煩死那個箱子了，那個年輕人每次進到房子裏，都有那個難聽的歌聲，我太難受了，這次出來，我終於發現難聽歌原來是從那箱子裏傳出來的，我就砸了那個箱子。」

「裝魔瓶呢？你不想砸了它？」

「我知道是砸不爛的，就蓋上蓋子把它扔了。」寇里說，「我不可能帶着它，誰知道什麼時候它又把我收進去了。」

「好，你說的這些就是我想知道的細節。」南森頓了頓，「那麼，你從魔法師家裏逃走後，來到這個林地找同伴，我想知道，那天你是怎麼先發現我們的，就是你設置

烈焰坑燒我們的那次。」

「我聞到了靈狐的味道了，我知道靈狐是和魔法師在一起的，我知道你們找了過來。」寇里説着完全趴在地上，頭耷拉着，「我就……揪下一撮毛放在洞裏，快速挖了幾個坑，放入烈焰火種……我大意了，我急着找我哥哥，想不到你們也用這招對付我……」

「烈焰火種你帶在身上的？」南森打斷了寇里。

「藏在胃裏，需要使用就吐出來。」

「設置好烈焰坑後你就躲在一邊等我們被燒？」

「是的，結果你們沒有被燒到，只有靈狐被燒了，你們還追了過來。」

「可惜你逃走了，不過你知道有魔法師追趕你，為什麼不遠走高飛？」

「世道變化太大了，我都不知道該去哪裏，我覺得你們抓不到我，可能就會去別的森林了，我還是想找到哥哥牠們，這個區域很大，我覺得要找上一段時間才能找到牠們，當時我不知道牠們已經不在了……我在外面看了兩天，覺得可能沒事了，就想着進來繼續找牠們……」寇里有氣無力地説，語氣很是無奈，「其實昨晚我來過，但是不敢進來，就走了，剛才我進來了，但是感覺很不好，我又想走了，但是聽到狐狸叫聲，斷斷續續的，我也分不清是不是我哥哥的叫聲，就進來看看……」

「全都了解了。」南森擺着手，他問完了所有的問題。

此時，五個魔法師已經趕到了，南森示意他們把狐怪帶走，一百多年前牠殺人被抓，一百年後又攻擊威瑞斯，對牠最終的處置，需要魔法師聯合會來決定。

「大家今天的表現都很專業。」南森他們跟着魔法師向林子外走去，南森看看保羅，笑了笑，「時斷時續的狐狸叫聲，偽裝得很好呀。」

「對呀，我知道狐怪熟悉自己同伴的叫聲，但是我不知道牠同伴怎麼叫的，所以剛才就時斷時續地叫，叫牠真假難辨。」保羅得意地説。

海倫他們都用敬佩的目光看着保羅，保羅更得意了。

尾聲

一周後的下午，大家都在偵探所裏，今天南森給小助手們上了兩節數學課，還給他們講了一段魔法史。此時是休閒時間，派恩半躺在沙發上，玩着手機遊戲，海倫在廚房製作小點心，本傑明被她叫去，很不情願地幫忙。

「……我今後的職業是魔法師，不是廚師……」本傑明一邊抱怨一邊切着蘋果。

「謝謝，我今後的職業也是魔法師。」海倫瞪了本傑明一眼，「吃的時候你從來不落後的，快點切呀，布丁好了就要放你切的水果了……」

這時，偵探所外響起了很大的跑車發動機轟鳴聲，派恩很不耐煩地放下手機，等着跑車開走，那巨大的發動機的聲音忽然停了。

「噢，好像有個人要來，我想想……」保羅在沙發旁説道。

正説着，門鈴聲響起，果然有人要來，派恩連忙去開門。

「嗨，你是派恩。」門打開後，威瑞斯提着一個點心盒站在門口，「我是威瑞斯，還記得吧？我有個偉大的祖先是你們的副會長……」

「是前副會長。」派恩糾正着，隨即讓威瑞斯進門，他轉身大喊，「博士——前副會長的子孫來了——」

南森他們都走到客廳，一臉的驚異，沒想到威瑞斯這個時候來。

「看看你們，不知道我要來嗎？這樣看着我？我兩天前已經出院了，我都康復了。」威瑞斯說着看看保羅，「我和保羅預約過的呀……」

「噢，你們昨天外出的時候他來過電話，說是要來拜訪。」保羅想起了什麼，「不好意思，我忘了，畢竟是前副會長的子孫要來，而不是副會長要來……」

「哈哈，太直接了。」威瑞斯笑了，他指着保羅，「這些話是不是該我走了以後再說呀？」

「你是個很大度的人，什麼時候說都行。」保羅大聲地說。

「威瑞斯先生，你來是……」南森問，「啊，你先坐，喝杯茶，海倫做了些小點心，很不錯的……」

「這是一點小禮物。」威瑞斯説着把點心盒遞給海倫，隨後看着南森，「這次來主要是感謝你們幫我消滅了仇家……」

「仇家？」大家都一愣。

「就是那隻狐狸，被我的祖先抓到的那傢伙，牠竟敢襲擊我，還讓我喪失記憶。」威瑞斯很是氣憤地說，隨即，他忽然一笑，站起來拉着南森，「我説，博士，你能讓我恢復記憶，一定也能讓我的朋友恢復記憶……」

「什麼？你的朋友也失憶了？」南森大吃一驚。

「我的朋友德尼爾，這個傢伙，半年前借了我三千鎊，現在居然説沒有這件事，不肯還錢。」威瑞斯氣憤地説，「我想請你幫忙，讓他恢復記憶……」

「噢，這個……」南森搖着頭，「你確定他不是故意遺忘的？要是不想還錢，我讓他恢復記憶他還是會説想不起來了……」

「噢，這個……」威瑞斯抓抓腦袋，「好像是哦，我碰上無賴了……」

「三千鎊，對你來説好像不算什麼。」本傑明在一邊説，「我們知道你應該是非常有錢的。」

「所以我連借條都沒讓他寫，只是最近我手頭比較緊呀。」威瑞斯説着氣呼呼的，「這個無賴，他的祖先不知道有沒有給他留下一隻狐怪什麼的，怎麼被狐怪襲擊這種事總被我這樣善良的人遇到？」

「噢，威瑞斯先生，哪有那麼多狐怪呀。」南森笑着説道。

海倫、本傑明、派恩和保羅看着威瑞斯，也全都笑了。

推理時間

麥克警長，蘇格蘭場（倫敦警察廳）高級督察，南森和警方的聯絡人，也是一名大偵探，屢破奇案。當然，他所偵辦的都是人類世界中的案件。一起來看看他偵辦過的案件，運用你的推理能力，想一想他是如何破案的呢？

酒店謀殺案

麥克警長帶着一隊警察，火速趕往倫敦市區的一家五星級大酒店，那裏有人報案，報案人自稱喬恩，是大富豪蜜雪兒的保鏢，他說蜜雪兒被人襲擊，頭部受傷，傷勢很重。麥克趕到酒店後，發現蜜雪兒正被救護人員抬走，滿頭是血，厚厚的羊毛地毯上也都是蜜雪兒的血。

「這個房間就你們兩人住嗎？」麥克環視着房間，這個房間非常豪華，真皮沙發、水晶吊燈、羊毛地毯，連門口走廊也鋪着高級地毯。

「是的。」忐忑不安的喬恩說。

「你作為保鏢，沒有保護好自己的老闆呀！」麥克又說。

「不是這樣的，我確實有疏忽。」喬恩開始了解釋，「老闆叫我下樓給她買雜誌，我想就這麼一會兒，不會發生什麼事，就下樓去了，剛過馬路，就接到老闆電話，說再給她買另外一本雜誌，這時就聽見她像被什麼擊中了，隨後倒地，我還聽到襲擊者匆忙逃走的腳步聲，應該只有一個人。你知道蜜雪兒女士是商界大亨，不過以往的經營中確實傷害了一些競爭對手，所以樹敵很多，這才僱我當保鏢的。」

「噢，是這樣嗎？」麥克說着忽然笑了笑，「喬恩，你在說謊呀，你剛才不可能在和蜜雪兒女士通電話，我看兇手就是你吧！」

麥克說出了推斷原因，喬恩低下了頭，承認兇手就是自己，原因是他向蜜雪兒借錢，蜜雪兒不但不借，反倒罵他愛賭博，亂花錢，他一時激憤，趁蜜雪兒不注意時，在背後偷襲了她，然後假裝報案，說是其他人襲擊了蜜雪兒。

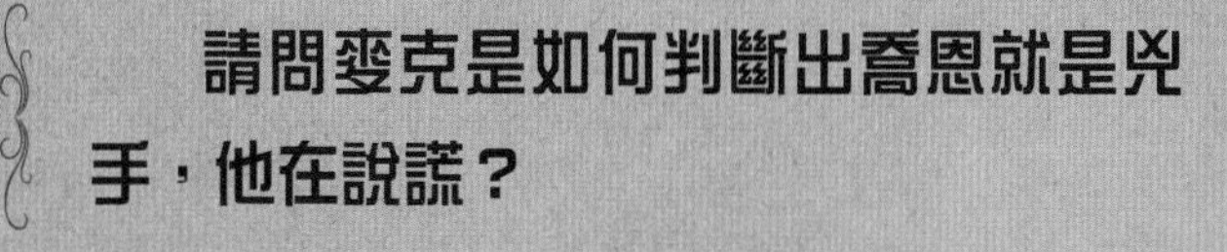

請問麥克是如何判斷出喬恩就是兇手，他在說謊？

答案：房間裏鋪着厚厚的羊毛地毯，走廊裏也有高級地毯，有人在上面跑，電話裏是聽不出來的。

魔幻偵探所 35

魔字

作　　者：關景峰
繪　　圖：陳焯嘉
策　　劃：甄艷慈
責任編輯：周詩韵
美術設計：李成宇
出　　版：新雅文化事業有限公司
香港英皇道499號北角工業大廈18樓
電話：（852）2138 7998
傳真：（852）2597 4003
網址：http://www.sunya.com.hk
電郵：marketing@sunya.com.hk
發　　行：香港聯合書刊物流有限公司
香港新界大埔汀麗路36號中華商務印刷大廈3字樓
電話：（852）2150 2100　傳真：（852）2407 3062
電郵：info@suplogistics.com.hk
印　　刷：中華商務彩色印刷有限公司
香港新界大埔汀麗路36號
版　　次：二〇一八年四月初版
二〇一九年五月第二次印刷

ISBN : 978-962-08-6997-6

18/F, North Point Industrial Building, 499 King's Road, Hong Kong
Published and printed in Hong Kong